白鲸文丛

"白鲸文丛"编辑委员会

西　渡　　敬文东

张桃洲　　吴情水

总策划：吴情水

一只脚在伊甸园:
缪亚诗选

One Foot in Eden:

Selected Poems of

Edwin Muir

[英]艾特温·缪亚 —— 著　　王东东 —— 译
上海教育出版社

图书在版编目（CIP）数据

一只脚在伊甸园：缪亚诗选 / (英) 艾特温·缪亚著；王东东译. — 上海：上海教育出版社，2021.11
（白鲸文丛）
ISBN 978-7-5720-1141-2

Ⅰ. ①一… Ⅱ. ①艾… ②王… Ⅲ. ①诗集-英国-现代 Ⅳ. ①I561.25

中国版本图书馆CIP数据核字(2021)第211807号

责任编辑　曹婷婷　朱宇清
书籍设计　陆　弦

白鲸文丛
一只脚在伊甸园：缪亚诗选
[英] 艾特温·缪亚　著
王东东　译

出版发行	上海教育出版社有限公司
官　　网	www.seph.com.cn
地　　址	上海市闵行区号景路159弄C座
邮　　编	201101
印　　刷	上海普顺印刷包装有限公司
开　　本	787×1092　1/32　印张5.25　插页4
字　　数	78千字
版　　次	2021年11月第1版
印　　次	2021年11月第1次印刷
书　　号	ISBN 978-7-5720-1141-2/I·0102
定　　价	39.80元

如发现质量问题，读者可向本社调换　电话：021-64373213

《缪亚诗选》序言[1]

托·斯·艾略特

一如我的通信文档所显示的,正是在艾特温·缪亚最后的岁月,当他将晚近写的诗交给我出版时,我们的相处才多起来,但我不能说我曾经真的熟识他。他是一个矜持的、有所保留的人,谈话并不流畅熟练。但是他的个性给我留下了深刻印象,尤其是这种稀有的、珍贵的个性。在我的一生中,也有其他的邂逅给我这种特定性格的印象,包括几个我并未能很好了解的人。他们是这样一些人,我会毫不犹豫地说,一些具有完全的统一性(integrity)[2]的人。当我变得更为年长,我逐渐意识到这是一种多么稀有的品质。那种面对自我的彻底诚实和面对世界的彻底诚实(integrity),不管

---

[1] 此文为费伯出版社(Faber and Faber)1965年版《缪亚诗选》的序言,该书由艾略特编选。本书中所有脚注都为译者注。

[2] 有正直诚实的意思,此处译为统一性。

是在文人还是在从事其他职业的人那里都并不常见。我强调这种确定无疑的正直诚实（integrity），因为我不仅在缪亚的作品里，也在他本人那里认识到这种品质。作品和他的人合一：他的自传，他以奥克尼①民间歌谣为对象的演讲——也就是他在哈佛所做的诺顿演讲的第一讲，都帮助我们理解了他自己的诗歌。而我绝不会相信，艾特温·缪亚曾在言谈中说出过，抑或在印刷文字中写出过一个虚伪的词。

我不记得是在何时，或在何种场合下，我和缪亚首次相遇。在更早的时候，我仿佛记得他是《新时代》的供稿人。发现这个腼腆怕羞的人的天才，这可能正是奥瑞吉（Orange）的功劳，许许多多著名的作家在他主持的刊物上露面。但我必须承认，我在青年时期对缪亚的诗并未有多少留意。他的诗歌和我当时尝试要写的诗歌大相径庭，直到后来，当我更为精进了的诗风已全然建立，他的诗歌才对我产生了吸引力。我说不清楚，这种吸引力有多少来自缪亚力量的逐渐成熟，又有多少

---

① 奥克尼（Orcadian），英国苏格兰东北部的群岛，距苏格兰海岸约32千米，有距今约5000年的石器时代遗址。

来自我自己品味的发展成熟。一个年轻诗人总是倾向于对一个和自己走不同道路的同代人的作品漠然无视。但是当我在出版之前研究他的《诗全集》时,我被震撼了,其程度超过他早期作品给我的感受。然而必须说,仍然是他的晚期作品对于我来说才是非凡的。

在我更年轻些时,更准确地说是在我发展的第二个阶段,我经历过一个专注于音律和语言实验的时期。原因也许在于将意识表层集中于此可以帮助释放我的想象力。对一些诗人来说,对韵文形式和表达多样性的实验可能成为一项永远的考虑。但我不相信,缪亚首先关心的是写作技艺。他首要的深切关怀是他必须言说之物——我这样说,并非认为缪亚的目的是道德说教,抑或他力争传递一种"信息"。缪亚在一种紧张情绪的压力下,几乎无意识地被他看到的幻象所占据,他找到了说出他要说的东西的正确的、无可避免的方式。

凯瑟琳·雷恩(Kathleen Raine)为艾特温·缪亚的《诗全集》写了一篇评论,发表在1960年4月23日的《新政治家》(*New Statesman*)上,我希望她能将这篇文章收入随笔集。对这篇文章我无法增益什么,但我愿意提供一个想法。艾特温·缪亚会作为那些为英语增光的诗人之一而长存不朽。他也是苏格兰人永远会引以为傲的诗人之一。但是对于我来说,更进一步,缪亚诗歌本质性的东西既不是英国的也不是苏格兰的,而是奥克尼的。那里有一个边远地区岛民的感受力,那个男孩来自淳朴原始的海边社区,而后陷入格拉斯哥(Glasgow)工业主义的污秽的恐怖之中,并挣扎着理解了伦敦大都会的现代世界,最终则理解了布拉格的中欧世界的现实。所有这些经验在某种程度上被浓缩进了那首"原子时代"的伟大而可怕的诗——《马群》。

这个选集中的诗歌都选自《艾特温·缪亚诗全集(1921—1958)》,该书在缪亚谢世后由薇拉·缪亚和J.C.霍尔编辑(费伯出版社1964年第2版)。我发现,选诗这个工作比我预想的要难得多。那本书中诗歌普遍的高水准,使得任何一个选本都显得过于随意。因此,我得提醒读者,要抗拒"我提供了缪亚最好的作品"这样一种设定,这样一种选择是不可能的。我只是努力编定了一个选集,这个集子可以代表缪亚作品的各个方面。

艾特温·缪亚先生：人类精神的胜利

——给《泰晤士报》编辑①

托·斯·艾略特

贵报发布的艾特温·缪亚的讣告，对于这个人和他的作品都是公正的，不需要增加或修改。然而我希望，来自钦佩者个人的颂词并非是不合适的。对于我来说，缪亚的文学批评一直属于我们时代最好的行列。在我结识他之后，我认识到这不仅仅归功于他心智的力量和感受力的精准，也与那些让我们铭记他的道德品质有关，正如贵报讣告所言，他"在某种程度上几乎是圣洁的人"。

我认识到他的诗歌从属于我们时代最优秀的

---

① 此文为艾略特写给《泰晤士报》编辑的一封信，表达了他对缪亚的哀思。《泰晤士报》于1959年1月7日刊出此文。《泰晤士报》1959年1月5日为缪亚发的讣告中写道："他的家人和朋友会铭记这样一个善良的人，他在某种程度上几乎是圣洁的人。除亲友外，其他人也会记住他，因为现在他已跻身英语诗人诸雄之列。"

行列,还是在更为晚近的时候。他很晚才开始写诗,他被承认为诗人则更晚;而他的一些最精美的作品——可能是他十分完美的作品——是在他60岁之后方才写下的。我认为,他最近的两本诗歌集子——《迷宫》和《一只脚在伊甸园》,比他过去的集子拥有更多优秀之作;而他的更近也因而未出版的诗,就我看到的而言,未显出质量下滑的迹象。缪亚的晚年成就,令我们联想到了叶芝较晚时期的诗歌;缪亚也同样需要与健康欠佳的情形相斗争。然而,在这两个方面(缪亚绝对值得与叶芝相提并论),我们都认识到一种人类精神的胜利。

目录

1 一只脚在伊甸园

5 **第一部**

7 弥尔顿

8 动物

10 七个日子

13 亚当的梦

17 伊甸园之外

20 普罗米修斯

24 普罗米修斯的坟墓

25 俄耳甫斯的梦

27 另一个俄狄浦斯

29 魅力

31 特勒马科斯记得

34 英雄

35 亚伯拉罕

37 继承

40 道路

41	天使报喜
43	圣诞节
45	儿子
49	杀戮
52	失而复得
53	反基督
55	上帝
56	一只脚在伊甸园
58	化身
61	苏格兰的冬天
63	宏伟的屋宇
64	徽章
65	**第二部**
67	给弗兰茨·卡夫卡
68	肖像
74	艰难的土地
77	什么也没有,而只有信仰
78	双重缺席
79	白天和夜晚
81	另一个故事
83	事情和梦想
84	给一个假定时代的歌谣

86	年轻的王子们
88	云
90	马群
93	歌
95	岛
97	出生进入三十个世纪
101	我自己
102	抉择
103	如果我能懂得
105	最后的黄蜂
106	最后的燕子
107	歌

109 其他集中的诗歌

111	盘问
113	边境
115	良善之人在地狱
117	"而我曾经知道"
118	战利品
119	拦截者
121	十四行诗
122	头脑和心灵
123	一个特洛伊奴隶

126 古老的神祇

127 墓志铭

128 父亲

130 圆与方

132 马

134 我已被教育

136 哲人缪亚:在弥尔顿与卡夫卡之间（译后记）

一只脚在伊甸园[①]

[①] 据《一只脚在伊甸园》(*One Foot in Eden*, Faber and Faber, 1956)。

献给薇拉①

---

① 薇拉·安德森(Willa Anderson),缪亚之妻。

第一部

弥尔顿

弥尔顿,他的面孔永远朝向天堂,
深谙于他和天堂错失
在各自的荒寂中,于是勇敢地
跨进了他的第二个夜晚,付出代价。
最终,他来到了黑暗的碉堡
熏黑的石头公然堆积在大门
鲜红的恶魔站立其上,像流光
从火焰上升的巨大的烟囱喷涌。

禁闭在他的黑暗里,他不能看到,
但可以听到他已谙熟的钢铁般的喧嚣,
在星期六晚上,在地狱的每一条街道。
如果不经过魔鬼的叫嚷,天堂又在何处?
再进一步,他并不盲目的双眼
看到了远方,接近天堂的领地。

动物

它们不活在这个世界,
不在时间和空间里。
从出生向死亡投掷,它们
没有任何言辞,没有
一个词可以立足,
从未在任何地方。

正是由于命名,世界
被召唤出来,从虚无的空气,
由于命名,而被建立和包围,
直线、圆和方形,
灰烬与宝石;
从欺骗的死中夺出
被发声的词的呼吸。

但是它们从未第二次
踏上这熟悉的旅程,
从未,从未再次返回

这值得纪念的日子。
一切都新鲜而亲近
在永无变化的**这里**
在**上帝**伟大的第五日,
它应该亘古如斯,
而永远不会消逝。

在第六个日子我们降临。

七个日子

从**词语**中流溢而出,
七个日子到来,
每一个都有它自己的位置,
它自己的名字。
而最初的长长日子
一个强硬而残酷的春天,
非人的世界萌动,
无物为手臂或爪子而存在,
孤寂之前的广大孤寂开始,
那里空茫的四季在它们的旅程里
只看到水和水嬉戏,沙子和沙子嬉戏。
水一阵激动
从入口,野性的光亮和阴影
投射在混沌的洪水
未成形的脸庞,大地和天堂
急遽增大又缩小的意象。
森林绿色的阴影
轻柔地在水面移动,

仿佛大地绿色的奇迹,无垠的草地
在它自己绿色的光里漂浮和下沉。
在水中,夜里
突然出现了狮子爆裂的头,
在它潮湿的洞穴里狂怒和燃烧。
牧马的践踏
无声地落在洪水之上,而动物们汹涌
向前,随着流动的波浪流动。
而后在水面落下了
人的阴影,大地和天堂胡乱涂写名字,
仿佛每一个卵石和叶子都能讲述
那无法讲述的传说。上帝
召唤出了第七个日子和上帝的荣耀。
而现在我们在阳光里看见
群山在第三天巍然站立
(它们会永远停留在那里)
而后一条河流跑动
一条清晰的丝带,将一切绣进一切:
长满树的山,草地上咀嚼的牛,
高高的波浪崩碎在更高的海的镜面,
人们在晚上散步,
光亮建造起来的桥

新月形的影子,猎人追踪

一个飞翔的猎物,在每一个新异的早晨,

鱼在巨浪的核心,带着网的人,

饥饿的剑交叉在预兆的十字里,

狮子在

旗号的顶端跃入了天空,

四季玩着

它们的游戏,太阳和月亮,东方和西方,

动物观看人和鸟经过,

妇女们祈祷

这个片断的日子消逝

进入那一天,一切都已聚齐,

事物和它们的名字,在风暴和闪电的巢里,

第七个伟大的日子以及清新的永恒的天气。

亚当的梦

他们讲述了我们的父亲做的第一个梦
在天堂里,他长年的白日梦之后
当天空和太阳醒来在他正在醒来的头脑中,
大地醒来,带着它的群山、森林和水系,
树木和动物的友善的部落,
大地的最后一个奇迹夏娃(首个伟大的梦,
那以后发生的每一个梦发生的基础)——
他们讲述,他躺在赤裸的地面上做梦,
大门在他的后面很快关闭,当他
向下坠落,在夏娃垂落的手臂,他的恐惧
溺死在她吞噬一切的恐惧里,而在深渊里
当不再有更深的坠落,而能稍得宽慰——
他站立在一个嶙峋的岩壁上
高悬在山腰,后面是荒凉的险崖,
而前面,目力所及是一片平原,
一些细小的形体在奔跑
就像男人和女人,然而如此之远
他看不到他们的脸。他们奔跑,

跌倒,奋起,奔跑,跌倒,

每一次奋起都相同而又不同,

同一或可相互交换,

差异无关紧要。他观看

还有更多的他们涌现,仿佛平原

被一种外来的算术魔法所充满

伊甸园从不知晓的一种机械的加法,

将数字与数字相加,没有模型或条理,

也编不出任何程式。这些造物移动,

目标并不固定,在不断增大的群里

相互碰撞着裹挟在一起,相互碰撞着

成群身体跌倒。他们再次奋起,

同一而可相互交换,

继续他们仿佛不是道路的道路;

一些后退再向前,后退再向前,一些

在一个封闭的圆圈里,或宏大或狭小,其他

则在沙子上走着之字形。而全部都很匆忙,

紧张地抱着目的,切开

仿佛在向后按压他们的空气。而有时他们停住

当一个阻停了另一个——偶然的遇合

在混乱中,而后他们就一对一对地

并排行走,

而后分离陷入孤单。有些

直朝着平原的边界走去

直到地平线让他们返回。一些

静静站立永不移动。而后亚当从梦中

大声叫喊道:"你们在那里做什么?"

悬崖回答:"你们在那里做什么?"

"在那里做什么?""那里做什么?"

动物们退出,从他们的洞穴和森林里

向外看,带着恐惧或诅咒的神情,

就像逃犯,抑或法官。突然

梦着,半忆起,"时候到了",

亚当在他的梦中思想,时间无比奇异

对一个最近还耽留在伊甸园的人。"我必须看到,"

他大叫,"那些脸,那些脸在哪里?你们

在那儿,是谁?"而后在他变化的梦里

他离得更近了,他看到

他们和他脱不了奇异的干系

一种形式和因果,超出了他们的知识;

而那就是他们如此急切地奔跑的原因。

仿佛一切都构成了一个故事,由

这些无知的生灵图解,每一个
都为他的角色单独铸造。但是亚当期望
更多,不仅止于这种移动的行列,
不仅止于人类这种带插图的故事书
从虚无即兴而作,永不停歇。
当他置身于他们之中,看到每张脸
都像他的脸,因而他可以宣称他们
是神的儿子,但某事阻止了他。
他记起了一切,**伊甸园**,**堕落**,
誓约,他的处境,他拉住他们的手
实际是他的手,他和他的孩子们的手,
大声叫喊而又平静下来,再一次
在爱和苦痛中投入了夏娃环绕的手臂。

伊甸园之外

在倾圮的墙和残破的大门旁
仍然有人获致他们的丰收。
明亮的山峰在遥远内陆闪烁。
空洞的大门不容侵犯,
断壁残垣却无法通过;
山峰,远在一切之上。

这就是这一部落的家园,
罪恶和天真鬼魂般出没。
空气中有一丝甜蜜
在时间开始之时就已开花,
但现在到处都在死去。
人们带着敬意守护
他们为之骄傲的著名族谱
源自一个荣耀的帝王
他曾生活在无限的自由中
以古往今来的一切帝国
伟大帝王都不曾知道的自由;

由于死亡被拦在他的田园外。
然而这一切都已丧失,历史
会说他和他的王后已丧失一切。
最有罪的人和不那么有罪的人
在天真无邪中发现了罪恶
在那一天已遗忘的角落,
坠落,下沉,以至于最终
他们被匆忙地投掷过了墙。
子孙生活在他们落下之地。

罪恶与无知是邻居,
因而人们选择生活在这里
从未想要旅行,
也没有变得好奇,抑或
在罪恶的宏伟的图书馆浏览
那一本单独的永无止尽的书
挤满了全部大地的书架。
博学的探索者因查看
而变瞎,看不到自己的脸。
这些人生活在出生的地方
将别处点数为闲荡的荣光。

单纯的人拥有长久的记忆。
而记忆让一切变得单纯。
他们才能够平静地热爱
这无法律的世界,失控的灌木
多刺的荒地和茂盛的树林。
他们打结的风景错乱而清晰
就像孩子粗心大意的涂鸦,
但对他们变得更为亲切
比几何的对称还要珍贵。
他们的悲痛在记忆中成型
如风化的石头一般自然。
他们的困扰变成了赞颂
情不自禁,当凝视山峰。
这就是他们单纯的姿势,
在大地上站立望向天堂。

普罗米修斯

季节漫不经心地流逝,将我留在这里。
森林升起,像幽灵;消失,如一场梦幻。
一切都有周期;花朵在土地晃悠着
夏日的时光,而后岩石变得荒凉。
动物孤独地追寻它们不变的体型
拥抱变化。长久地,我观看豹子
它瞪视着疾掠过时间终点的猎物,
而野山羊一动不动在他的岩石,
出神,迷失于漫游天空的幻梦:
我凝视,他就在那里。而朝圣的人
旅行,已预先知道他们止步的地方,
认知在他的嘴唇上,品尝过悲哀,
也预先品尝了死亡。这些陌生人不知晓
他们的欢乐正存于将他们的悲哀
引到终点的力量里。我的希望不同于他们。
我祈求一切事物终结,还有这种
让我叫喊的痛苦:转得快些,太阳和星星,

让这些锁链,还有这个身体都融入你
飞翔的回环;自由,等在
那里,在那被祝福的虚空里,在
人马星座不断增大的爆发之后
踩灭了时间。当这些喧闹的族类
在他们所由来的土地上寂静地躺卧
大地阒寂,一种宁静也许会
降落在天堂的殿宇,永不留心的众神
也许会抬起他们的眼睛观看,欢迎
我再次来到他们中间,当夙怨已经了结
火,以及在火中焚烧和死亡的事物
被撒播成灰烬,在灰烬一样苍白的山上。

我应该对众神说什么?天堂奇异无比,
而伤口同样奇异,铭写在远方的时间。
谁会给出答案,对于大地黑暗的故事?
是拥有公牛的笨重的荣耀的宙斯,
还是烦躁不安地战栗的男孩厄洛斯①?
还有什么期待,除了最多

---

① 希腊神话中的爱神。

这一我的知识会成为永世的闲话?

神庙空无所有,民族也已更换。
如果我返回,那么就是我发现
奥林匹斯山已空。因为我听到一个奇迹:
没有众神的土地;只有土和水;
毫无秘密的语言;唯一的信仰
一种铁的文字,将圆头颅打得平坦
以适合戴上已被葬的大师的帽子。
奇异的仪式。而现在时间的风暴升起,将
人的孩子卷入一个更为空寂的房间,
大陆一般广阔,沙漠一般贫瘠,
那里,灰尘用人一生的时间翻腾
在墙壁之间,被易怒的一阵风暴和
小小的恶意的漩涡搅扰不休;无物站立
除了铸铁般的城市和垃圾似的群山。

当世界终结,我应该向谁讲述这个故事?
一个神降临,从另一个天堂,他们说
不是为了反叛,而是充满了怜悯和爱,
作为一个女人的儿子而出生、活着和死亡,

又带着全部时间的战利品再次上升
回到他的家,在那里,他们现在已被
转化为明亮的玩具和荣耀的多幅画面;
在那里,时间本身就是充满奇迹的世界。
如果我能找到那个神,他会倾听并回答。①

---

① 普罗米修斯想象与之对话的这个神应该是人子基督。在缪亚看来,在基督教的世界里一切都获得了救赎,甚至包括希腊神话中受惩罚的神普罗米修斯。

普罗米修斯的坟墓

谁也不会来这里,现在,没有神或人。
很久了,动物也离得远远的,
被不死的呼喊和秃鹰的叫声所惊吓;
而现在则被寂静。那天上的小偷
从天堂偷走危险的珍藏而降落凡尘
当那伟大的一群放弃了奥林匹斯山。
火灭了,他变成了他面前的坟墓。
十米之长,他躺着,四肢摊开,草叶
荫蔽了他:其余留在一丝遗忘的呼吸里。
然而那里,你仍可以看到岩石的舌头,
就像麻痹的手臂,没有任何手臂会如此
从草地下面伸出,仿佛要寻求救济,
它的手掌早已被火焰舔舐而熏黑。
矿物的变化让他酷烈的床变得清凉,
让他燃烧的身体变成寂静的模型,
而他伟大的脸,变成了雏菊的空空的花冠。

俄耳甫斯①的梦

而她在那里。当一只小船
前行,沿着睡眠危险的群岛,
遗忘和绝望的领地,
停止,因为欧律狄刻在那里。
欹侧的小船几乎难以保持
漂浮水面的全部幸运。

仿佛我们在很久以前就已离开
大地边界的树,而从大海赢得
那已经丧失的灵魂的起源,
那一刻将纯粹而又完满的我们
交还我们,而一直席卷着我们
通过每一次机会到达无尽的善。

宽恕,真理,和解,我们

---

① 希腊神话中的音乐之神,曾下冥府去救自己的妻子欧律狄刻。

全部的爱将一起获致——直到我们

敢于最终转过我们的头①看到

欧律狄刻那可怜的灵魂

仍然坐在她银白的椅子里,

孤独一人在哈德斯②空旷的大厅。

———————

① 俄耳甫斯违背了冥王的要求,回头看欧律狄刻,欧律狄刻的灵魂再一次回归冥府。
② 希腊神话中掌管冥府的神。

另一个俄狄浦斯①

伯罗奔尼撒的道路记得
他和他的童仆还有他的妃子,
白发苍苍,心情轻松,他们真诚的智慧
正走过时间最后的触摸,来到
一天,没有昨日也没有明天,
明亮之物躺下来,像蓝色的湖围绕他们,
抑或无垠的土地,让他们嬉戏或耽留。
他们是如此欢乐和天真,你可能会想
一个神为他们赢得了如此光荣的礼物
在这片非凡的土地,不幸的偶然已逃遁,
命运预送了假期,大地和天堂
从那时陷入了友爱的无尽谈话。
他们毫无故事可言,彻底忘记了
在另一个世界里还在燃烧的记忆;

---

① 此诗受到索福克勒斯《俄狄浦斯在科罗诺斯》的影响,后者描绘了"一个高贵而独断的国王如何在经历过骇人的痛苦之后,平静地接受命运,成为一个和蔼的老人"(罗念生语)。

叶子一样过轻,不能承受任何故事。
如果有人正好在他们面前说出
一个字,有关别的罪恶,他们会跺脚
愤怒无比,像暴躁的孩子般咬牙切齿。
但是接着遗忘。道路是欢迎他们的家园。
他们不会停留在一间屋子里,也不会让
一扇门对他们关闭。脾气古怪的斯巴达农民
对他们如此和善,甚至可怜起了他们的快乐。

魅力

海伦深谙于一种毒药。
丢在酒杯里,就可以褫夺
全部的记忆和痛苦。
而当全盘清醒的饮者,
坐在椅子上变得冷漠
对周围,在那疏离的日子。
他看到光色闪耀并流动,
巨大的轮廓爆裂而变化,
却毫无情节,一切都很奇异。
水晶球在海伦的眉毛尖
吸收并弹回多彩的世界,
虽然它们看起来只是在
微笑或嘲弄虚无的空气。
侍女们走过地板,
被一种沉默的暴风雨席卷,
回旋进光亮,通过门廊。
他看到这些,不能更多,
当全部的仁爱尚未诞生

沉睡在他负了重的心胸,
而他沉入了深深的休息,
淡漠,无思,孤独而凄凉。

魔力是如此强烈,荷马说,
以至于即使这人的儿子死去
在他脚下被杀,他梦幻的凝视
(就像不忠的夏天的日子
平静地看着猎人和他的猎物)
也不会有一丝一毫改变,
他的心也不会撞向他的一边。
但在他身体深处有东西尖叫
由于伟大的悲剧就要开始,
从徘徊着的怜悯,悲痛降临
而懊悔,也炸开在他的心胸。

特勒马科斯①记得

二十个年头,每一个日子,
她纺织在网中的那些人物
到来,站立,而又离去。
她的手指在冷酷的游戏中
向下叩击,当梭子移动。

慢慢,慢慢地,他们到来,
带着马和车,箭和弓,
半完成的英雄,悲哀而沉默,
迟缓地来到梭子的哼唱里。
时间本身也不会如此缓慢。

那里,最终可以看到什么?
一匹马的头颅,无躯干的人,

---

① 奥德修斯和帕涅罗帕的儿子,均为荷马史诗《奥德赛》中的人物。当奥德修斯漂流在海上时,帕涅罗帕为了应付众多求婚者,谎称织好了一匹织锦就从他们中选择一位结婚,但她白天织晚上拆,永远也没有完成。

纯然的残余,未来的琐碎,
当预言的细线闪烁着征兆
在它织就的网中梭子穿过。

她怎能忍受不断增大的重负,
胆敢再一次唤醒她的鬼魂?
在远方,奥德修斯正踏着
一直回转的道路的踏车
并不能由此回到他的家乡。

织布机倦了,织布机倦了,
工作变得恶心,从早到晚
一年又一年。踏板的喧响
成为屋子里低沉的雷声。
织成的幻象迷惑了她的视力。

如果她将梭子一推到底,
跟随着它狡猾的曲调
她就会来不及动心思
从头到尾改变那张网,
她就会织出无与伦比的错误。

而非头颅和标枪的混杂
她的宝藏凄然的碎片。
我孩子气的眼泪濡湿了它们
不懂得她织进了她的恐惧
骄傲、忠诚以及爱情。

英雄

当他们以全部的勇气接受沉重一击
就像温顺的孩童被强裹进了襁褓
被劫掠,命定沉睡在岩石的内室,
一种荣耀,从无法穿透的大地进出,
他们浑然不觉。伟大,从何而来?
没有残酷的战车将他们回旋进天堂
他们也看不到敞开大门的至福之境,
全盘屈服的狭小将它们束缚在那里。

伟大,究竟是何物? 它不是名声。
他们仿佛还在生长,正当他们变小,
他们躺下的地方也大于站立的地方。
他们也没有前往任何应许之地。
他们的面容、存在和姓名被剥夺一空,
正当一种奇异的荣耀迸裂而出,从无名。

亚伯拉罕①

热爱河流的流浪者亚伯拉罕
穿过干旱的荒地追寻他的牧场
引导他的迦勒底族群和长膘的牧群
以犹豫的水流曲折蜿蜒的艺术
追寻并找到,它并不了解的道路。
他到来、歇息而繁荣,继续行走,
在身后散播下无数小小的田园王国,
每一个王国上方都有独异的天空,
不同于他旅行时与他一起行走
当他休息时就变化的伟大的圆形天空。
他的头脑里装满了形形色色的名字
从讲外语的奇异的族群学来,
那就是他有一天会遗传的一切。

---

① 《圣经》中的人物,原名亚伯兰,亚伯兰90岁的时候,耶和华向他显现,对他说:"我与你立约,你要作多国的父。从此以后,你的名不再叫亚伯兰,要叫亚伯拉罕,因为我已立你作多国的父。我必使你的后裔极其繁多,国度从你而立,君王从你而出。"

他死去,苍老而满足,而允诺
仍然没有到来,他留下的尸骨
远离他父亲的家,在异方的迦南。

继承

传奇的亚伯拉罕,

那古老的迦勒底漫游者,

首先降临于诸民族,

像一颗星在其上巡行

热爱上了距离

历经岁月之后才会平静下来

在荒野中耐心十足

而从未耽搁过播种。

最终抵达指示的地点。

而送出双星①中的另一颗,

以撒,孤独地旋转。

两颗伟大的星星历经岁月

在天空嬉戏,在它们各自的角落,

各自进入了黑暗,

在结束它们的回环之前

———————

① 原文为"twin star",孪生的星,双子星,但因为以撒是亚伯拉罕的儿子,故此处译为双星。在《圣经》中,他们都需要离开父祖的地方,在远方找到自己的国土。

一个会生存,一个会死去。

在监护中的以撒
转动,围绕着父亲的光芒。
而后开始他的朝圣
在另一个白天和夜晚,
另外的民族,另外的土地
父亲不能抵达的地方
粗心大意的儿子到达。
他绝不会迷失他的道路
从陌生人的手到陌生人的手
他被带到他想要去的地方。
他自由,但也服从权力,
他服役,也被好人和坏人服役,
历经一切危险,毫发无损。
一切人等眼看着他到来
又离开,直到他获得赦免;
于是轮到了雅各①。

经过无数世代我们到达这里

---

① 以撒之子,曾在漂泊途中与天使摔跤。

以一种我们不知道的方式
从亚伯拉罕的土地,
而道路,仍然很少开始。
世世代代不断涌出
冒着风险,历经险境
经过帝国的大道。
我们的歌谣,我们的传说
将风险和危险称作善;
因为我们的祖先知道
危险是希望所布下
而风险则是旋转的机运
因为我们一开始就投注了无限。

道路

宏伟的道路延伸在他们面前,清晰而寂静,
而从前面,一个人大喊:"拐回去!回去!"
虽然他们从未看过这样一条美好的小径,
诚实,坦白,超过了一切邪恶的思想。
但当他们向后瞥视,要多奇怪,有多奇怪,
这些野蛮的精神错乱的绳结的绞缠——
由一些恶作剧的或怀疑的魔鬼践踏?——
这就是他们由来的道路。它可会变化?

他们怎么可能穿越那危险的迷宫
向后,再一次,从山坡上的碎石堆向下爬
从错误的一面,在死者中滑行?
而当他们继续前进,很多天之后
这些话在他们耳边敲响,仿佛他们在说:
"还有另外一条道路你没有看到。"

天使报喜

天使,和那个女孩遇合。
大地是唯一相遇的场合。
因为那化身为人者从未
旅行到空间浩瀚的海岸。
永恒的精灵们自由来去。

看啊,他们靠在了一起,看,
正当毁灭万物的时间流动,
每一个都反映出另一个的脸,
直到在她里面的天堂在那里
与在他里面的大地稳定地闪光。
他降临于她,比最远的星球
还遥远,在时间中长出羽毛。
紧急之事最为奇异,那极乐
由全部运动从他们的肢体汲取。
而那不断增加的狂喜带来
如此之大的惊奇,以至于
双翼的每一片羽毛都抖颤不已。

在窗子外面,脚步
落在平凡的日子里
只有墙上的太阳追寻着
它们不再回返的道路
在永恒里被授予圣职。
音乐永远的回旋往复
转出有限的八度音
嘶哑地将残破的音调碾磨。

而在无尽的黄昏,那些人
不说话,也没有任何动静,
而只在不断加深的昏睡里凝视
仿佛他们的目光永远不会破碎。

圣诞节

现在圣诞降临。卑贱的大地
　　停在它疲惫的汗津的齿轮
并且点缀了重生的象征
　　一个回归年的葬礼。

午夜敲响。一颗星子醒着
　　凝视着母亲和孩子
孩子幼小的手指可以
　　让春天开放在冬日荒野。

这颗星在星空超然独立
　　在夜里,没有引起困惑
没有偏离,证明别的星错误
　　而是宣称全部的星都正确

三个短日子,以延长的光
　　使伟大的一年踏上征程
一个婴儿的哭声越过了雪

惊醒永远不落的白昼

一个孩子，一个神，他会顺从地
　　呼吸时间终有一死的呼吸
自由地完成他双重的使命
　　无尽地担任一个**死**，一个**生**

最终完成那一个奇迹
　　天堂和大地婚姻的盛宴
我们在大地上不能讲述
　　除非用如下字眼：**死**，**生**

那童稚的星，闪光近了
　　在树的绿色苍穹
而一年的柔软幻梦
　　行进在犹太和加利利①。

---

① 均为耶稣传道之地，加利利也为耶稣出生之地。

儿子

这饥饿的血肉和骨头
由白色人、黑色人和棕色人
享有,而又被祂享有
祂曾经走向死亡。

神的儿子和人的儿子,
他呼吸,气息像我们
在这个身体里隐藏
通向死亡的曲折道路。

夜晚和白天的轮子
驱赶他穿越时间和空间,
他的时辰是不变的光亮,
而无限是他的位置。

时间的必要的热量
让他在子宫里孕育
在他的动脉里,敲响

骄傲的行军,向坟墓。

从永恒,他
通过细小的眼睛瞪视,
上帝和人可能会看到
善人和恶人寿终正寝。

出生,咿呀学语的舌头
述说着婴儿的无助,
稚嫩期的屈辱
青少年的困窘

直到成人的野蛮力量
在他的静脉里奔腾
疯狂像一匹倔强的马
虽然他是上天的儿子

渴意,像生锈的刀子
他忍受干枯的饥饿
拥有生命之水
和不朽的食物。

他学习木匠的技艺
驾船人无畏的心灵
以免他可能损害
一个神,他的第二部分

他选择凡俗的愁苦
不属于天堂的快乐
在夜晚谈话
而野蛮攀升的全部明天

受伤,从不断收缩的
指环到那棵等待的**树**
经由万物的背叛
和人类的变节

直到只剩下绝望;
"为何你要抛弃我?"
神祇遗弃了神祇
从树上被取下来

以使光,穿透
最初到最后的痛苦

一切都被重造
直至最后的谷粒

普通的人看到
他接受了自己的跌落
之后,一切都改变了;
他已融入了一切。

杀戮

就是在那天,他们杀害了神的儿子
在耶路撒冷旁边一个平整过的山巅。
锡安城空了,她的孩子们从迷宫般的街巷
被恶魔的好奇心吸引
穿过城门。而瘸子和瞎子
也以自己的方式到达了山顶。

经过一番仪式准备,
经过鞭笞,钉钉,钉钉在木头上,
竖起树的主干,连同它们的负担,
当管弦乐般的呼喊从山上升起,
他们终于到达那里,高高地,在一个柔和的春日。
我们观看这扭动挣扎,倾听着呻吟声,看到
三个头颅在它们各自的轮轴上转动
就像坏掉的轮子还在旋转着。环绕**他**的头颅
是一个松散地羁勒的花冠,由荆棘编织而成
任意地伤害,刺痛太阳穴和前额
当痛苦膨胀成它嫉妒成性的圆圈。

在前面,花冠被打了一个结
当他凝视,仿佛受到致命伤的鹿
雄伟的角最后的残余。有些人
来观看,变得沉默,当它们盯视
愤愤不平或过意不去。但是冷酷的老人
和硬心肠的青年,虽然从第一个早晨
就彼此不和,却诅咒他,用同一个诅咒,
祈求过一个拉比或一个有武装的弥赛亚
却等来了神的儿子。神,或神之子
于他们有何用?对他们那样的目标
有何好处?而在十字架脚下,旁边
各自,四个妇女站立,一整天
也没有动。太阳运转,影子转动,
夜晚来临。他的头颅平放在他的胸膛,
但是在他的胸膛上,他们看着他的心脏一直跳动
依赖它自己,正在完成它的旅程。
他们的辱骂声变得更大,更为尖厉,由于知晓了
他正在死亡的苑囿漫步,
远离他们的狂怒。然而,一切最终都会变得陈腐,
恶意,好奇,嫉妒,仇恨。
他们只是等待着死亡,而死亡来得如此缓慢
而又如此安静,他们几乎无法标记它的到来。

他们对死亡和死亡的欺骗感到愤怒。

我是一个陌生人,看不懂这些人
或这种奇异的神。是否有一个神
真的在死去时与我的生命交叉而过,在那天
偶然地,他在他的道路上,而我在我的道路上?

失而复得

通过我们失去和仍会失去之物
甚至我们赢得之物(但从未完全赢得)
它给了选择,却不给选择的技艺。
这毛坯世界,隐现残破的伊甸园,
教给我们惊险的错失和事故,
无数的偶然和先定的情节,
行动和思想的天平总是倾斜,
机运,赢得和失去的赌注。

它给我们时间,时间又给我们故事,
开头和结尾都被一次疯狂的慷慨
挥霍殆尽而令人费解。直到那天堂的**荣光**
接受了我们的血肉,带来了意义。
因为我们都是那个**王子**的子女抑或
兄弟姊妹,出于荣耀,虽然是在放逐之中。

反基督

他行走,一个巫师,在他的玻璃的海上,
思考着他的蔚蓝色的颠倒的天堂
那里一个谬误的太阳从西方转到东方。
如果他能抬起眼,就能看到他的地狱。
他不是精神,也不是精神的影子,
只不过是由机灵的魔鬼塑造的玩具
给轻信的人带来难堪和挫败。
他是错误的摹写,每一项都出了错,
胡乱涂抹,却能看出模糊的肖像。
当他陷入苦恼,微笑扭曲在他的嘴唇
而不停止。他泰然自若的前额镌刻着
不属于他而属于制造了他的他们的狂怒,
因为他是他们在其上自由移动的空无,
明了无物在那里。当他宽恕
那是出于对罪孽的爱,而非对罪人。
他将罪恶当成他的地盘,只懂得罪恶,
从世界一端到世界另一端的罪恶,
他治愈病人,为了显示他变戏法的技艺,

并只为治疗而恼火。转过他的脸颊
激起发怒的人更为要命的怒气,
用杂耍的花招诅咒天真的罪人。
他从死者中带人,来告诉生者
他们的挫败不过是普通的计谋。
他巧妙地在那棵**树**上做姿态
(他加冕的玩笑),一个演员哑默地比画着死亡,
而他冷漠的头脑正在无聊欢喜于
那背叛将持续不断地进行在时间里。
他巨大的嗜好是如此自由,如此富足,
你很可能认为它是一种普遍的爱,
因为一切看来都仿若善、甜蜜、和谐。
他就是**谎言**;只要一个真实的思想,他就会消失。

上帝

他们不能告诉我,谁应是我的上帝,
但我从他们说的每一个字都读出
那惯常的念头:可能上帝已死,
现在只剩下一个故事和一个彷徨的词。
我怎么能够追随一个词,祀奉一个寓言,
他们问我。"这里有大把的上帝。
挑一个服侍吧,要是为了你自己好;
但是最好做你自己的主人,如果有能力。"

我宁可成为一条流浪狗,在道上搜寻,
也不会这样做;成为一个公开的傻瓜,
一个善良的恶棍,喧哗,或结结巴巴,
也好过与这些聪明无趣的人在一起,
他们说上帝已死;当我每天都能
听到他已死如此这般低语在我耳边。

一只脚在伊甸园

一只脚还在伊甸园,我站立
望向眼前的另一片土地。
世界的伟大白昼已近黄昏,
这片土地变得十分怪异
我们一直在耕耘仇恨和爱。
时间在时间的织品里作祟,
而现在已无什么能够区分
密集生长的谷物和稗草。
稗草的纹章爬满了秸秆;
我们的世界也不过如此。
恶和善密密麻麻地站立
在仁慈的土地、罪恶的土地
我们终将迎来我们的丰收。

那根茎依然从伊甸园长出
一目了然,一如最初那天。
时间催生了萌蘖和果实
并将那叶子的原型烧成

恐惧的形状、痛苦的形状
——败落在冬天的道路上。
饥饿的土地和焦黑的树却
开满了花,伊甸园见所未见。
苦痛的花朵,仁慈的花朵
孤独地开放在变暗的田野。
直到伊甸园的日子被埋葬,
它的宝藏被记忆发现
对于希望和信仰、怜悯和爱
伊甸园又有什么说法?
神奇的福佑,天堂从未有过
却从乌云密布的天空降落。

化身

平静的北方在汹涌起伏,海鸥尖叫,

加尔文教派给贫瘠的山坡加冕。

我想起乔托①,托斯卡纳牧羊人的梦,

基督、人和造物,在它们内在的日子。

我们的种族怎能背叛

那个意象,废黜那个化身

它们为我们选择了这一形式,这一模式。

道成肉身,这里,又变成了词,

一个词变成了词,繁荣,傲慢的诡计。

看,加尔文王挥舞他的铁笔,

上帝,这两个愤怒的字出现在书里,

而那里,在逻辑的弯钩之上

奥义②被刺穿,弯折成了

---

① 意大利画家,其创作多宗教题材,传说他儿时在托斯卡纳地区牧羊。

② 原文为 Mystery,首字母大写。亦可译为"神秘"。

一种意识形态的工具。

更好的福音在于人类的自然声调,
更为真实的景象存在于**律法**之外
古老的民族,以他们古代的敬畏
看到**十字架**遥远的一端
以无知的惊奇看到
荒芜的山上十字架的树交叉,
而不知道那是受难死去的神。

没有血肉的词生长,向下拉拽我们,
异教徒和天主教徒同样会下降,
预言说,白色人和黑色人和黄色人
快乐的人和悲伤的人,理论家,爱人,
一切人都会于无形中堕落:
抽象的灾难,除了能在抽象的人
之上建立他们的冰冷的帝国的人。

一阵柔和的微风吹动,我的思绪
全都进入大海消失。我清楚地知道
贫血的词无生气,但会为了它自己
在脑海、神经和细胞里搏斗。

世世代代的人传诵

他们私密的故事:那人①要走很远

经过一片幻境和谋杀的雪。

---

① the One,指人之子或人—神,也即耶稣基督。

苏格兰的冬天

冰,正放下它光滑的爪子,在基石上,
太阳自远山眺望,
戴着头盔,在它冬日的棺椁里,
而将它北极的剑挥过了天空。
磨坊的水
听起来更为喑哑而迟钝。
磨坊主的女儿走过
冰冻的手指焊在她的篮子上
仿佛她已敲打了一百里格①的地面
用她轻松的鞋后跟,而嘲笑着
已死的佩尔西②和道格拉斯③,

---

① 原文为 league,长度单位,1 里格相当于 3 海里。
② 应指亨利·波西,诺森伯兰伯爵一世,英格兰将领,曾打败过反叛的布鲁斯和道格拉斯。
③ 应指道格拉斯勋爵,为罗伯特·布鲁斯(大卫一世)的重要将领。

嘲笑躺在墓床里的布鲁斯①

苍白,犹如

和战争与麻风病躺在一起,

嘲笑全部的帝王

直到这片土地没有了帝王,

嘲笑全部的歌者

直到这片土地没有了歌唱,

嘲笑这片土地,它的全部生者和死者

都在等待最后审判日。

但是他们,毫无力量的死者,

倾听着,只能

听到回响的地面一声坚硬的拍击

离头顶一点点

来自平凡的鞋后跟,不知道

它们何时来到,又要去哪里

只好满足于

可怜的冰冻的生命和浅薄的放逐。

---

① 应指大卫一世罗伯特·布鲁斯。布鲁斯为苏格兰重要姓氏,在苏格兰历史上扮演重要作用,布鲁斯父子先后领导苏格兰第一次、第二次独立运动,之后罗伯特·斯图亚特的外孙开启了斯图亚特王朝。

宏伟的屋宇

不知如何发生,这一宏伟的屋宇
下沉到混沌,而未倾覆(你可能会看到
一艘著名的船扭曲在一个腐坏的码头
数英里的杂草和垃圾掩埋了一个城镇)。
宏伟的屋宇就这样遭遇了残忍的空气,
而将它的角楼刺向了隐蔽的天空,
而在黑暗里,荣誉的旗帜飞逝
信仰、希望和勇气都不再有胆量。

造化的偶然甚或灾难都不会这样行动。
而要如此,秩序必须降临在正确的时机
纠正了混乱,而荣誉,也必须
深入不名誉的场所采取立场。
混沌是新的,既没有过去也没有未来。赞美
那少数人吧,在混沌中建立了我们的防御和家。

徽章

我,细心地将它们保存完好
六英寸的国王,玩具宝贝,王子,
诗人,王国,皱缩在时间灰黯的空气里,
虽然如此,我并不是一个古董迷。
因为那不足面积的帝国并未死去,
甚至也没有在外观上减小。当在大门,
你天天穿过,你向前弯下你的头
而进入(不用敲门;它没有保留政府)

你会赋闲于空间,专断地命令,
那个契约的世界扩张,如此广阔
脱离了这片小小的紊乱的土地。
因而你会真正地如愿,当一切
各得其所,名实得当,排列一新。
我也是如此阅读盾牌上的徽章。

第二部

给弗兰茨·卡夫卡

如果我们,几乎被诅咒,又预先被祝福,
有一天被召唤到一些高贵的顾问面前
与真实的人在一起,最好的人和最坏的人
从所有时代挑选而来,我们的地位多么轻微。
哦,我们决不能承受永恒的羞耻,
那不被征召的模棱两可的屈辱。
我们几乎不能答应我们的名字,
行走在路上,径直忽略了方向。

但是你,亲爱的弗兰茨,悲伤的冠军,
属于晦暗和半场次,会看着
泄露内情的羞辱(仿佛宝藏)涌来
并不超然,而是以一种饥饿的激情
迅速抓住意义,在罪恶的全部叶子上阅读
永恒的秘密手稿,救赎的证据。

肖像

1

他的目光带着指令,仿佛于秘密的棋盘

移动兵卒。你能够想象你看到

琐碎的东西在它们呆板的舞蹈里

以一种几何学的顺从,跳跃,从一格

到另一格,或像坏掉的发条停止

当沉默将死了对方。而经过竞技场

铺展开月光的迷宫,蜿蜒曲折

一个闪光的林薄狱①充满消逝的脸孔,

幸运或危险,等着被审视

以厌恶的激情,或爱欲。

他的目光只知道两个音节:"来"和"去"。

当他老朽、迟钝,眼睛变得疲惫,

长久地凝视着移动的迷宫,

收缩进眼前影子的半圆,

---

① Limbo,林薄狱,指地狱的边缘,在但丁《神曲》中为地狱的第一圈。

最后的防护。而如果进来一个陌生人,
他的心,尽管跳动在远方的深处
也会变得静默,如一只鹰降落在致命地带,
而又再次跳动,当他机灵的头脑找到那个弃子。
他几乎不明白这些。他的脸像极了
一座华贵的缺少爱的房子闪烁的前厅,
全部的门关闭。窗户向外投出
如许光亮,以致无人能看到里面有什么,
而被强烈的反感的光芒照得半瞎。
在众门之中,有两个小小的窥视的窗子
有时可以捕捉到胆怯的访问者的眼睛
他也会逐渐意识到有一个无名的存在
动物或人类,看着他走近
就像黑暗之外的黑暗。当他正在死去
琐碎的东西在棋盘上自由闲逛
仿佛不法的游荡者,而不会被控制。
他会轻声呼唤,"停住",
开始清醒,哭泣着去想象它们已经自由。

2
可怜那可怜的背叛者吧,迷宫
封闭在他身边,当他设下陷阱

去捕捉他的朋友。现在他孤身一人,
那被嫉妒又被爱的猎物早已逃脱
进入死亡和自由。而迷宫仿佛
一种古老的怪异的装备,让
另外的眼睛惊奇,如果能看到它;
犹如无聊的王子的玩具一般奇特。
现在他在那里,迷失在防御中,
完完全全置身其中,墙壁没有裂缝
也没有任何门洞的标志让他进入;
只有健忘的迷宫笼罩了周围。
他没有梦见圈套中的圈套
在疯狂的时刻,也不再期望
与被爱的受害者进行一场
深沉的曲折的对话,且没有终结。
可怜他吧,因为他没有那念头,
也不能感受可能让他获得自由的悲痛
而犹大则为树上的悬挂物交了赎金。

3
盘桓在他自己
不能移动的危险区域,
杀死了他的仇敌

背叛了制造麻烦的朋友
而形影相吊,
他看着地板上方
准确的钟点爬向
向永恒开放的
剩余的墙,
而思想:"这就是终结。"
隔绝在盲目的欲望里,
从窗子他可看到
被毁坏的街道
扭曲在扭曲的玻璃里,
房屋全出了问题,
看着帽子和慌乱的脚步,
疯狂的群鸟和马群经过,
而想着:"一切都会升入火焰,
马,人和城市,一切。"
抑或一整天梦想着
很多里很多里的路
从群山向下通向大海
获得和平,在遥远一日;
凝视着地板。
没有敲门声。

4

我们射击,射击,但是他们并不会倒下,
而是一直站立在山岗,流着血,
钉在了天空,如钉在一面墙上,
虽然他们和我们,都知道他们已经死亡。
接着我们前进,
通过了他们或从他们中间;
但是我们的眼睛不能看见,除了紧紧盯住
一架庞大的坏掉的机械,
抑或它只是看起来如此。而在前面的山峰
我们看见他们再一次站起来
在那时,我不认为我们知道
那些死人是真的,真的已死。

5

她生活得舒适,靠她可怜的几个便士
甜蜜地挨饿,以喂养她膨胀的梦境
在沉痛的祝福中她的所作所为——浮现。
她离开了她的屋子,她的爱人离开了她,
她飞翔的翅翼在他的肩膀扎下根,
以一成不变的飞行赢得他。
她的生活是一支咏叹调和一个回声,

当咏叹调停止,回声引导她

温柔地降落在某地,仿佛是大地。

那里她渐渐枯萎,以迎来她的丰收,

当她越少,丰收就越多,直到

最终她在痛苦中凝视着成堆成堆的谷粒。

艰难的土地

这是一块艰难的土地。这里事情总会流产
不管我们是否关心,或只是关心得不够。
谷粒消瘦,淫荡的杂草傲慢地生长,
太阳、雨水和霜仿佛在背着我们密谋
你会认为空气中存在着一种恶意。
春天洪水泛滥,夏天干旱:我们的土地
举目所及皆是轻柔的无用的烟尘。
沉闷的迷惑性日子预示着雨水
我们给牛套上轭,下地耙犁,
行走在一片土黄色的云朵中间,
烟尘升起在我们眼前又在身后落下,
缓慢地、轻柔地静止在落下的地方。
这些日子,大地也显得悲哀,失去知觉。
而当第二天升高的太阳既热情又多欲
我们摇晃着拳头,愤怒地踢脚下的土地。
我们有过奇异的梦:就如,在凌晨
我们站立,观看漂移的银色星阵
突然变成了一群飞翔的黑鸟。

一生中总有一次,边境之外的男人们
到来,在初夏,清新的运动季节
践踏着我们的玉米,杀死我们的牛。
我们知道这些事情,由于好运或指引
而击败它们,如果必须也要容忍。
我们是一个种族;血统和语言支持我们,
古老的仪式和风俗,屋顶和树,
我们的歌,讲述我们的胜利和灾难
(同样短暂),壁炉和羊圈的延续,
我们的名字和称呼,工作、休息和睡眠,
以及其他事物,被击败的,仍然存在的——
这些事物保存着我们。然而也有时候
当名字、个性,尤其我们的双手
无意识地劳作,变得对我们充满最大的仇恨,
而我们也将会高兴地卸除这些负担,
(它们已被缝合进我们,如肉之于骨)
而进入我们的黑暗,通过谷物的门
和野草轻盈的面具(将名字、肉体、国家、
语言、假期、信仰留在外面),汇集进为遗失在
时间深处的坏掉的犁留下深痕的大地的秘密。

我们有这样的时辰,但还是再次被拉回

被善良的面孔,哀伤的忠诚的面具,
被诚实、友好、勇气、忠贞
持续一生的爱。被田地
家园、栅栏和谷仓,春日和秋天。
(因为我们甚至能够热爱漫游的四季
在它们非人性的循环里。)死者
住进我们,如此奇异,而不被记住
在他们的位置。因为我们怎能够拒绝
从时间的另一头转过来的那张脸
正在死去的那张脸长久的最后一道目光?
而怎样用这些绝望冒犯了死者
羞辱了生者?又怎能解缚于爱?
这是一块艰难的土地,是我们的家园。

什么也没有,而只有信仰

一无所有,仿佛,在他们和坟茔之间。
虚无,就如我看到,那里什么也没有。
你会想,没有任何地方如此平坦和赤裸:
没有山峰、山岗或灌木丛勇敢地面对
地平线。而他们将那片土地称为
他们的土地,无需一个被空气
一饮而尽的思想,简单而暧昧,如绝望。
而这,就是我不能理解的。

原因在于,那里一无所有,只有信仰。
信仰造就一切,是的,所有他们
看到或听到,摸到或想到,并
将它的曙光在他们里里外外弯成了穹窿。
他们凝视:远远近近一切都在转化,
而伟大的世界在他们和死亡之间转动。

双重缺席

锈红的月亮在玫瑰红的云朵之上,
这灵妙的礼物,来自逃匿的太阳,
它现在完满地照耀在别处,很快
将画出它的轨迹,有一百英里长
在沉寂的大西洋宁静的怀抱。
烟向上升起,一棵坚实的苍白的树
自修道院高耸的烟囱。一棵枫树
在它的最高点拥有一只歌唱的鸫鸟,
它的胸脯朝向已埋葬的太阳的征象。
机运,只带来如此珍贵的幸福
超过一直冒险的头脑的设计,
也奇异地超过了一切意义的阻隔。
现在月亮从云朵分散的灰烬中
升起,清晰,发烧似的苍白,
而在我的脑海里,以双重的缺席
悬挂着锈红的月亮,在玫瑰红的云朵之上。

白天和夜晚

我将夜晚的毯子覆盖
在我身上,层层叠叠——
而记得当我还是一个孩子
如何迷失于光亮的新奇,
初次发现夜晚和
轻柔的晚风中古老的事物。
因为在白天一切都很新颖
同时移动在光亮和头脑里
一切、思想、形体和色彩。
奢侈的新奇太过疯狂
对于一个孩子新鲜的眼睛。

夜晚,夜晚本身很古老
只向我展示我已知道的事物,
已知晓,但未被告知。
一种从黑暗里生长的语言
太过深沉,白天的舌头不能说出,
古老的对话,关于

第六天或第七天发生的事情。
一种形体,过于单纯,不能显现在
白日尖厉刺耳的复杂情势里
在夜晚降临,比我父亲的脸
更合乎期望也更为自然
微笑着通过打开的门
比铺满沙子的地面还要简朴
以一种无法解释的单纯。

现已成人了,已随时间逝去这么久——
我的青春对于我已变得如此奇妙
就如一块古老土地的记忆,一支歌
为了搅扰我们或为了取悦我们——
我尝试让彼世界适应此世界,
隐藏的世界显形,
我想要二者兼得,什么也不错过
从黑暗的牧羊人学习,这里
在光亮中,尚未知晓的道路
穿越迷宫般难解的公园
和宏伟的罗马大道
阔步行走在杳无人迹的白昼。

另一个故事

对于那新事,如何能有一个词?
我们怎能知道
那行动,那形式,未被命名亦未曾听说,
抑或第一次
重新踏上先于记忆展开的道路
以音节捕获它
用闲话、音乐或诗歌
敲响它葬礼上的钟声?
我们不记得,但会实行。

为何我们沉思
这已然不再的伟大世界,抑或希望
有朝一日听到那错失的伟大的消息?
一切皆成往昔。
我们会停留在我们被养育的地方,
在只有一个钟点之远的伊甸园里,
虽然我们的脸颊绯红
由于只保留于记忆中的内容

反叛或原罪或内疚或羞耻,
抑或同样的一些词语,
同样只是贯穿全身的盲目的血
只是词语,而什么也不能说出。
天真,而不懂得任何天真之物,
我们得知了它,由那从罪行口中
首次说出的悲伤的纪念性的名字。
而现在那两个词①仿佛
一种单一、美妙而又相称的荣誉,
一个重新启动在另一个梦里的梦,
一切都已完成,当我们弯下树枝②。

我们知道的故事。而仍有另一个故事。
如果你们中的一个清白无辜,请他现在讲述。

---

① 指亚当和夏娃。
② 指知识之树。此行诗描写夏娃摘下苹果——知识之树的果实——的场景颇为动人。

事情和梦想

这就是那事情,这真的是那事情。
我们一度梦见它;现在它终于发生。
那不过是梦,但这,这就是它。
那梦很大胆,认为自己可以预示
时间会带来何物,而时间仿佛
只能带来它,它从未怀疑
一切事物都相像于一切事物,
深沉的家庭相似终会显现。
我们认为梦会展开折叠的翅膀;
但这里的事情不舒服也没生病
不蠢也不精,无故事可讲,
虽然每个故事都围绕它漫天飞。
那就是它,那就是那个事情。
然而再看一眼,你就可能从
迟钝的一堆拔救出每一个辉煌。
信仰并不存在,除非在奇迹中。

给一个假定时代的歌谣

悲痛,他们说,是个人的,
否则就根本不会有悲痛。
而我们,免除了悲痛和愤怒,
统治这里我们新的非个人的时代。
如今每一只眼睛都已干涸
最后的悲痛正在逝去。
历史在完成它最后的转变
一切都需要哀悼而无人哀悼。
无聊的正义孤独地坐着,
在一个长出秩序的世界。
正义从未流过一滴泪水,
如果我们愿意承受正义,
我们就应换上另一张面孔,
找到更流畅的故事去讲
一切事物都各得其所
欢乐之情则出于必然。

(很久很久以前,老人们说,

一个著名的妻子,帕涅罗帕,
在二十年里都是希腊的骄傲,
成天都在织和拆一张网
有可能是一幅杰作——
如果她听任它完成——
让全部艺术都陷入绝望
让庄严的世界沉湎于嬉乐
超越了关心的另一面
并引入一个绝妙的纪元。
然而她说:"我必须返回到
开始之处,否则一切就会迷失,
而伟大的奥德修斯颠簸在暴风雨里
也会毁灭,在我的艺术上遇难。
但因而我将他引向了海岸。"
她再一次撕毁了织物
不再与她的心灵分割。)

哦,这里热烈的心灵石化
而圆形的大地成熟为岩石
在我们眼睛的冬日里;
心灵和大地是一块石头。
在石质屏障崩裂之前
悲痛和欢喜永远不会醒来。

年轻的王子们

一度有一个时期:我们是年轻的王子
在天真未凿的国度,我们的眉毛明亮而清澈,
像曙光,照在一片新的早晨的土地。
我们用清白无辜的手给予和获取,而不知道
我们是富裕还是贫穷,也从不费力去思想
事物的归属,区分你我;我们仍然是新来者,
而去询问这一个东西或那一个物件的用途,
它的价格、价值或利润,会显得是
对事物的无礼和对我们的羞辱。
我们看到大地张开怀抱迎接我们,
但在我们心里,我们才是欢迎者,
只有这样才对全部事物显得谦恭
一种高度的简朴和自然的骄傲
需要如此光荣地欢呼和庆祝
(像心不在焉的帝王被赠予一切
在他们的口袋里不需要一个子儿)。
而当耆老们讲述祖先的故事,
甫一开口,我们就懂得了人物,

好与坏,单纯与狡猾,英雄们
每个都适得其所,而机运则让故事
变得悲痛或快乐;我们看到并接受了一切。
然而在那不可回转的正午,怀疑
降临,向我们坦白的胸脯
倾泻箭镞,杀死了谦恭和感恩。
从那时起,我们一直苍白地、傲慢地过活,
怀疑天堂也怀疑大地。大地和天堂
屈服于我们对它们低贱的使用。而有时
犹如在一个倏然来去的梦中,我们
仍能知道我们是谁,记得我们曾经是谁。

云

在一个晚春的黄昏,在波西米亚,
开车驶向作家之屋,我们迷路了
在一个迷宫,道路有点缠绕,它们
只引向它们自己,
为无心的旅行者编织了一张朴素的网。
周围没有房屋,也没有生命的迹象或声音:
只有带图案的木板,由小块田地组成,
皱起而枯寂,简洁的方块,堆满尘土的粉末。
而在一个意外的转角我们看到
一个年轻人在耕犁,隐藏在尘土里;仿佛
一个囚犯行走在一片移动的云里
由他自己制造并为了他自己的目的。
而在那里,他生长,仿佛升华到了
比人更多,而还没有变得光彩夺目:
一个尘土的支柱移动在尘土里;不过如此。
路边的灌木丛覆满了
一层坚硬的尘土的剑鞘。
我们看着,感到惊奇;枯寂的云移动

连同它的内在的形象。
　　　　　　　不久我们找到
一条将我们带往**作家之屋**的道路,
那里一位来自乌拉尼亚(悲伤的土地
每一天希望都被希望杀死)的传道者
赞颂美好的尘土,人的终极救赎,
并宣称上帝已死。当我们很晚
返回城市,我们的头脑仍然被逗弄
被枯黄的贫瘠土地,耕犁,
形体,走动在它的云里,来自
乌拉尼亚的音信。这都在变化之前;
在我们的记忆里云朵和消息熔合,
形象和思想凝聚成了一个巨大的形式
行走在大地,被它的尘世的云,在尘土里
变得崇高的尘土包裹。而它也显得
虚幻不实,孤寂,仿佛万物不得其所。
而想象着那人
隐藏在他的云里,我们渴望光亮炸开
显示出他的脸,就是曾经破碎在伊甸园的脸;
而非一个被蒙住眼的面具,蠹在尘土的支柱。

马群

刚好十二个月过去
当七天的战争让世界沉睡,
在深夜奇异的马群出现。
而那时,我们已与寂静立下盟约,
而在开始的几天如此静悄悄
我们倾听自己的呼吸而感到恐惧。
在第二天
收音机坏掉;我们转动旋钮;没有回答。
在第三天一艘战舰经过我们,航向北方
死尸堆满了甲板。在第六天
一架飞机从我们头上俯冲向大海。后来
什么也没发生。收音机哑掉;
而它们仍然站在我们厨房的角落里,
可能还警觉地站立在遍布世界的
一百万所房间里。但现在如果它们开口
突然它们再次开口,
在正午的触摸下一个声音开口说话
我们也不愿倾听,也不愿让它带来

那旧的坏世界,张开巨口,迅速地
将它的孩子吞咽。我们不想再要它。
有时我们想起了那躺着沉睡的国度,
盲目蜷缩在无法穿透的悲哀里,
而那想法以它的新奇让我们困惑。

拖拉机深陷在我们的田野里;入晚
它们看起来就像卧倒等待的潮湿的海怪。
我们离开了它们,任由它们锈蚀:
"它们会腐坏,就像其他沃土。"
我们让我们的牛拖着荒废了太久的
生锈的犁铧。我们已退回
越过我们父辈的土地。

      而后来,那天晚上
在夏天的结尾,奇异的马群降临。
我们听到隐约的道路的蹄声,
一种加深的鼓点;它停止,而又延续
而在拐角处变成了一阵沉闷的雷声。
我们看见那头颅
就像攀高的野蛮的浪花,而感到惧怕。
在我们父辈的时代我们已出卖了自己的马
为了买新的拖拉机。对我们来说,现在它们

如此怪异,就像古老盾牌上虚构的马
抑或一本骑士故事中的插图。
我们不敢走近它们。而它们在等待,
固执而害羞,就好像它们是由
一个年长的统帅派来,寻找我们的下落
以及丧失已久的古老的陪伴。
在最早的时刻我们怎么也想不起
它们是应该被拥有和使用的造物。
在它们中间,还有五六匹小马
造访了这个毁掉的世界的野蛮,然而
仿佛刚离开它们自己的伊甸园那样新鲜。
从此它们就拉起了我们的犁铧,肩负我们的重担
但是那自由的服役仍然能刺痛我们的心灵。
我们的生活发生了变化;它们的到来是我们的开始。

歌

它不会逝去,如此迅疾,

亲爱的朋友,它不会逝去,

虽然时间的歌谣已走调

连同月亮下的一切,

男人和女人,花朵和草。

它们不会逝去。

因为还有一个词"**回归**",

在飞逝和死亡之间,

为每一次哀哭创造两个王国。

那么,哀悼黑暗的土地吧

当百合花被引导,消逝入亮光,

也要感恩,当雪一样苍白的美人

从大地再次回到她的家。珀耳塞福涅①,

---

① 冥府女王,哈德斯的妻子,本为宙斯与谷物女神得墨忒耳的女儿,后为哈德斯劫往地狱。哈德斯答应她返回,但给她吃了一粒"蜜般的石榴籽",从此之后,一年之中,她有三分之二时间留在母亲和众神身边,三分之一时间留在冥府。

当然,这一切都可能只是一种
轻松的交易,爱欲的相互作用
在你的奇异的双重不朽里;
而玫瑰的死亡和复活
也不过是一个夏日的转向。

岛

你的双臂会环抱收集起来的谷物
为了你美好的时日,挥舞连枷①
在快乐的火和夏天的欢呼里。
那里矗立着谷物的金山,
养活了全部英雄般的氏族,
哺育着在平原迁徙的牧民,
在山间关口瞭望的骑士,
长着银角的古老山羊,
人、狗、羊群和硕果累累的家庭,
以及在青草下扩张的朝代。
人类收割的作物生下了人类。
祖先的面孔孕育了一切
并通过一只金杯显示
死者的舞蹈和庙宇。
经由变形的嘴唇,诉说着
饱满的葡萄迸碎在压力下,

---

① 一种用于脱粒的旧式农具。

麦粒沸腾,喧响在瓮里,

大地和人在那儿合一,喋喋不休,

说着那存活于曲折故事

和醉醺醺的歌谣里的一切。

然而一个不同的命运到来,

一个普遍性的错误降临

比简单的野蛮更为严酷,

人被制造出来的事物所制造,

肉,饮料,生命和谷物,

由于它们而躺卧,在它们身上重生。

而自我生长的圆圈封闭

在我们的道路;土生土长的艺术

和简单的咒语让心灵

那灵魂出没的迷宫不再害怕,

而以我们疯狂的世系

编织出玫瑰复活的图案。

西西里岛

出生进入三十个世纪

出生进入三十个世纪,

全部世纪都很舒适,除了最后一个世纪,

我们在每个转角遇见自己

在逝去的久远的国土。

倒下的人重又站起

在死亡的第二天,

无可争议的死者爬起

比黏土还要生气勃勃

而我们抹除的自我

不完美也变得完美,

一切都很浅显,而从未被发现!

骸骨燃烧在我们眼前

三十个世纪犹未熄灭,

我们走在特洛伊的街道

呼吸着空气中奇妙的名字。

国王、侍臣和乌合之众

决不应该在火焰里毁灭;

老普里阿摩斯①应该成为男孩,

一直变化,但一直不变。

这片土地展示如此多彩的景象:

旋转木马依然飞驰在

闪光的轨道

五十年前已然锈蚀。

炮舰停在狭窄的海湾,

一公里远,半年之前。

玛士撒拉②让岁月老去

死亡还很新奇,并不可靠

那想法不过是一个梦:"死去"。

经过一个转角你可能看到

树下的男人、侍女和引诱者:

你会想,死亡毫无道理。

没有什么可疗救,也没有什么可责怪;

黑暗的施魔法者是你的朋友。

是幻象,还是信仰

让惊人的景观完好无损

---

① 特洛伊国王,见证了特洛伊毁灭。
② 《旧约》中的家长,诺亚的祖父,高寿,据说活了969岁。

让绝望的死者摆脱伤害？——
明天拉响了警报
让历史彻底溃败；
明天和明天带来
无穷无尽的开始。

那么在这一刻起步吧，
去往任何一个地方，
从你移动的屏障射出
你的箭，向虚无的空气。
跟随一个细心的脚步，
否则你会在绝望中迷路。
聚集在你移动的位置
是记忆，你所有的一切。
这是希望和恐惧的土地，
当希望丧失，信仰会降临。
失败和胜利都在这里。
在这个地方一切都会发生，
但你自由于这一时刻，
而系缚于一切。你应该知道
正是在你面前特洛伊起了火，
而你应该行走在特洛伊的街道

当谋杀的舰队驶向家乡,
普里阿摩斯应是一个年幼的孩子,
而时间理应取消时间的欺骗,
你会因痛苦和欢乐而哭泣
看到正在毁灭的整个世界
进入永恒的春天,
笼罩了一直开放的野蔷薇花丛。

我自己

没有任何东西让我背离我自己。——
自信的道路自由自在,哄骗了我
以允诺一切的土地,而巨大的未知
以镀金的灰尘让我盲目,玷污我。
就是如此。但它们的谎言从未欺骗我,
而我迷失在梦想的旅程,当我说
我追求我的灵魂,我的灵魂不相信我,
而是从这些行旅中不悦地掉头而去。

可是,可是,为何我要如此表现,
宁愿在一个小时里被愚弄十次、二十次,
不惜最宝贵的代价,也要让自己
免于真正的知识和真实的力量①侵袭?
它们穿越时间的一切变化的季节,
我可能与自己保持一致,永不动摇。

----

① "真正的知识和真实的力量"应指死亡,诗有反讽,针对人类虽千方百计躲避死亡而最终难免一死之境况。

抉择

囚徒等待在坑洞,
弹奏者躬身在琴弦,
智者纠缠于智慧,
天使植根于翅翼。
被必然性统治,
被判处成为他们所是的东西,
一次也不能脱离,
每一个都是他自己命定的囚徒。
打哑谜的圣贤则宣称
正是你的监狱让你获得自由,
否则混乱的噪音会侵占一切。
在噪音之外,你建了这面墙,
升起一座骨头和黏土的屋顶
作为收容所,给自由来避难。

如果我能懂得

如果我真的懂得我懂得
这,以及这显现的先兆,
我是谁,因为情节和布景属于我,
他们说。而世界是我的征象,
人类,大地和天堂,共同织成如此图案——
如果我能懂得。

如果我能发誓我真的看到
真实的世界,它自己,自由自在,
并不囚禁于我肤浅的视野的限制,
它不属于我而将属于我,
总会自由降临,陪伴我——
如果我能看到。

如果我能说我真的听到
一种音乐,不是我耳里的喧嚣
来自世界的一切呼喊,困惑或完好;
如果有权杖或征象高高地

飘扬在希望和恐惧的战场上空——
如果我能听到。

让我看到和听到吧,这样我就能知道
这次旅行,还有我将抵达的地点;
因为开始和终结都属于我
显然,具有它们的征象,那征象
我、大地和天堂的一切都会显现
教会我懂得吧。

最后的黄蜂

你,飞过全部正在死去的夏天
每一个早上降临我们早餐的桌子,
一个孤独的单身哑剧演员,
以柠檬果酱为食
如此饕餮,你的全部力量难以
让你挪开身子,从你设计的甜蜜的陷阱,——
你和大地现在都已垂垂老矣,
你蓝天的通衢也感到了变化;
它们变得更为冰冷;
多么奇怪
空气熟悉的康庄大道是如何
在现时崩落,崩落;仁慈的空气再也不能支撑,
全部都破碎了,由于冰冷而死亡;
向下你俯冲进了虚无和绝望。

最后的燕子

离开,离开你喜爱的巢,
最后的燕子,飞走吧。
这里没有休憩
对于空洞的心灵和疲惫的翅翼。
你的伙伴们都已飞离
去追寻它们南方的天堂
沿着恢宏的大地向下倾斜的边缘,
而你孤单一身。
为什么你仍然留恋
迅速衰老的狭窄的日子?
准备好;
展开你很久都未一试的羽翼
现在它必须背负你,你将
穿越冻冰的全部的天堂;
直到降落在归巢的空气里
你点燃并栖息于明亮的树。

歌

我赠予了并且索取它,
我保有了并且打破它,
它属于而又不属于我。
它只是生活于它自身,
而存在于我们俩之间,
我的保有只是在打破,
它全副精神在于再造,
在做我没有做的事情。

一切都因它变得美好,
当那不可见的织布机
甜蜜地完成它的交易。①
全部被造都造得很好
成为我们俩之间的它:
让赠予是我们的索取,
让创造是我们的毁灭,
让有为是我们的无为。

---

① 缪亚暗中运用了帕涅罗帕的故事,见第 31 页注①。

其他集中的诗歌①

---

① 据《诗合集 1921—1958》(*Collected Poems 1921—1958*, Faber and Faber, 1960),此合集中最后一部诗集即为《一只脚在伊甸园》。

盘问

我们几乎跨过了那条路,然而犹豫了,
而就在那时来了巡查官;
那头儿认真负责,意图明显,
那些人傲慢十足,一脸漠然。
我们站在一边,等待。
盘问开始了。他说,全部
现在都必须弄清楚,我们是谁,是什么,
我们从哪里来,抱有何种目的,
密谋接近或背叛了谁的国家或阵营。
一个问题接着一个问题。
我们站着,回答,在永恒不动的一天
望着路,看到了界限之外
一对无忧无虑的恋人走过
手拉着手,漫步在另一个星球,
这样近,我们可以对他们叫喊。我们在这里
不能在行动与回答之间选择
然而那对无忧无虑的爱人闲逛
那片无思无欲的土地就在眼前。

我们就在那真确性的边缘，
耐性几乎就已用完，
而盘问仍然在继续。

边境

还有什么会推动我
当我到达了边境?
这些人会判定我不及格,
而关口的一切秩序井然。

我学习过的词语
这时却不会帮助我。
优等成绩很难获得
人们的喝彩更是如此。

我诚心调理的竖琴
琴弦会断裂,一根接一根;
而我极有可能忘却
旧日就会吟唱的曲调。

纯粹不在场,冷入骨髓地
剥夺了感觉,以及记忆
我的一切,一切的我

可被轻蔑地掌握。

一切,一切都会打败我,
舌头、脚或手。
奇怪,我会拖曳着自己
到这一片陌生的土地。

良善之人在地狱

如果一个良善的人安家在地狱
　由于品位的一种必要的谬误,
可能为证明规则,或羞辱魔鬼,
　抑或说出陌生人看到的真实,

他会不会,屈服于明显的憎恨,
　用哭号和泪水填满一半永恒,
抑或在地狱小小的边门旁观看
　耐心等着最初的一万年流逝,

感觉到诅咒缓慢爬向他的喉咙
　一旦说出就让他无休止患病,
迫使他祈祷的舌头机械地念诵,
　整个永恒在他面前一动不动?

他最终会否在他的位置生出信心
　在无希望的地狱燃起小小的希望,
而播下被诅咒的怀疑诅咒的种子,

因这里有人可以生活且活得高尚?

对恶的怀疑就能带来如许的恩典,
  打开门,全部的伊甸园就能进来,
地狱是一个地方,就像任何地方
  爱和恨,生命和死亡都从头开始。

"而我曾经知道"

而我曾经知道
一个急匆匆的人,
怎样矮小,怎样亲切,而又怎样含糊
一种如此热切的善良
让他的小脸通红,用永久的羞耻。

不管他到哪里
就将他的救济金倒腾进一只手
它本是满的,但很快就空了。他不能够理解。
一种愚蠢的或受到祝福的善良,
圣人或傻瓜,一个比你更好的人。

战利品

明智的国王在宝座享受着天福,
而反叛者则在市场举起了旗帜,
像古老石头上的幽灵,缠住我
历史沉闷的光亮敲击着那石头,
或一张单独的脸那难解的谜
由父亲传给儿子,不被猜透,也不能
解读,仿佛这张脸从来只梦见自己。

统治者和反叛者在恐惧的血液里冲突
在这蒙上眼睛的战场。但是在那里,
在善恶滋养的果园静止不动
他们一起生长,他们的根
在深处孪生结成联盟,远离空气
彼此分享着秘密的战利品;
国王和反叛者就像兄弟
抑或父子,同一头脑的王子联合,
不可调和者,而他们签订了协议。

拦截者

不管我做什么,不管我去哪里,
我的担心都无休无止:
拦截的人出没在我的路上
并在每一个地方对我查验。

我在街道的尽头摆脱掉他
而轻率地进入田野溜达
但就在道路中央
站着拦截的人。

我在梦想的山巅梦想,
让我的思想远骛高翔,
拦截的人举起他的手臂
迅速向我这一边包抄。

睡或醒,干活或嬉戏,
不管我做什么,不管我去哪里,
拦截的人都挡住我的去路,

对我的"是"说"不"。

他是我的朋友或我的仇雠,
叛徒,摆脱耻辱的救助者?
拦截的人对我皱眉蹙额
以一张我自己的皱眉蹙额的脸。

十四行诗

上帝,你不会离开我们,因为你不能。
我们发明了不忠,
每一天都在宣告我们既不敢属于自己
也不敢属于你:每一步都荒诞无比。
因此,假冒的词语被锻造,
时间通过它来欺骗永恒
或宣告不会死的**你已死**。
总之,你被尊崇,也被公开放弃。

然而,如果说**你**已死亡并远离
你曾本是乌有的地方——人、兽和植物
现在相似,是显明的自然——那
盲目的悖论,那荒谬的存在,如何
才能找到入口?还剩下什么陪伴我们?
乌有,完全是乌有,连绝望也没有。

头脑和心灵

我们的泪水和雨水混合在一起,
而我们的哭喊则在风中消失,
时间已带走我们的痛苦。

这里是我们的房屋,冷静而盲目
具有一种磨光的石头的永恒
并给心智涂抹上冷漠的光彩。

墙之外,那孤独的逐客
起身,我们沉默的悲痛闷燃,
孤独的泪水,沉默的呻吟。

多么好,它们让自己相互隔绝!
哦,我们认识和看到的事物
彼此分离,就如头脑和心灵,

而我们的悲伤不过是一个记忆。

一个特洛伊奴隶

我经常漫游在特洛伊的领地
在城墙下,看到帕里斯还是一个孩子
在青春让他变得邪恶之前。赫克托的笑容
和未验证的狮子般的外表仍然能
让我宁静的心陶醉不已。那是在陷落之前,
当特洛伊遍布地道的城墙仍然高高耸立。
现在我受缚于一个希腊的笨蛋,他
务实,像被娇惯的马驹骄傲于血统。
这里,一切于我是如此怪异,王国的国王,
冷酷的渴望的种族,每一边的山环。
它们摇摇欲坠,就像雪的花环
堆积在特洛伊的祭坛。而仍有余烬呼吸
在下面,养育着它每年一度的疾病的庄稼,
开满花的树,在虚幻的山上。
它们重新带回了特洛伊。而当岩石上
蜥蜴闪动,有三十年了,我
被抛给机运,再一次站在一度站立的地方
眼看着特洛伊的塔楼燃烧,像一片冬日的

树林。

而接着整个国家都陷入火海,
从数不清的洞穴中,蜥蜴出来
凝视着,并融化在火焰的釉料中,
而全部的城墙颤动,金属丝一般歌唱
当热力吞噬了一切。我看到
正在进行中的灾难,它总是浮现
在我面前,在岩石上的蜥蜴身上。

  但在我心里长出了一种更深的怨恨
他们不会武装我们,宁愿特洛伊毁灭
也不会让一个奴隶抽出一把剑
在他们一方作战。但在陷落中,
他们不可能比我们失去更多,我们失去了一切。

特洛伊是我们的呼吸,我们的灵魂,我们的全部才智,
我们不拥有它,但却被它拥有。
我们应该为特洛伊而战。我们是它的手臂
不同于仅仅是房屋、牲群和田地的他们。
我们是特洛伊人;他们最多可以增大
一场浮华的或血淋淋的奇迹。
我们就这样和狗一起,在圈外看着

英雄们倒下,如廉价的肉,帝王屠杀帝王
像肥胖的家畜。但是他们猜不到
我们的思想随着他们的任性而变得怎样放肆。
他们位置太高而猜不到;而猜到已晚,
我们的知识和我们的仇恨都已生长完全。
而他们想,拥有强壮如他们的手臂,
我们也可能用剑和矛发出喧嚣,
他们害怕希腊人,但最害怕我们,
而古老的特洛伊已丧失,我们也已丧失。

现已垂垂老矣——为何那一种悔恨
当其他悔恨全都变得安静,还让我颤抖不已?
在我全部生命中我知道一件事情,我知道,
在我成为奴隶之前,很久很久以前,
我失去了剑,在一场被遗忘的战斗里,
而从那以后,我的臂膀就变得太轻
对这过稠过密的世界,而仍会变得更为轻盈。
但在那狂怒里,闪耀着特洛伊未遭麻烦的山峦
众多坍塌的墙和消失的树
遗留下来,仿佛在怨恨里遗留着欢乐的回忆。

古老的神祇

古老的神祇生活了如此之久
在时间中,从没有获得永恒,
而被废木和空山戴上了脚镣,

你逃离了我们正在凋谢的歌谣。
山丘,水井,和葱绿的幽会树
它们被遗忘了,而你还在徜徉。

女神,乳房的洞穴,眉毛的凿沟
一千年的泪水慢慢凹陷了面颊,
秋天的森林正在你的眼睛里褪色。

永恒,也惊叹你点数过的岁月
和在时间中迷失的帝国,惊异于
怎么会有如此慷慨、明智的思想

正如你,在一直绽裂的树枝之下,
如此深沉的情感,像天空一般躬身。

墓志铭

爬进墓室,和他一起爬进墓室。
快啊,尘土和石头,覆盖死人
他一生,灵魂的闪烁暗淡无光
从未真正被人爱,也不能真正爱人。

因为他不过是一半兑一半,现在
让他最终成为囫囵的东西,
在这里,夜将教会我们绝对的诚实
当他停留在明光与暗光之间。

即使是给自己的悲哀,他也没有空间;
他最大的梦幻,也远没有一个人结实;
没有任何欢喜,他孤独地爬进了自己:
带着我们所有人可怜的形象进入墓室。

如果现在是**复活**的时候,那么,留下
只属于我们的东西,当一切都被打理。

父亲

我们的父亲都很穷
我们父亲的父亲更穷;
在远方,我们不敢直视。
我们,儿子们,照看好
失去光泽的金子,它们
夜里就在我们身边聚集
并在一本账簿上记好
当它一笔勾销
债务和债权人消失
飞逝的圆柱和形体
又在光亮里开放

古老的狂热让我们
健康的血肉战栗不止
变得浑圆,日益丰满
以愉悦的食物饕餮不已
父亲们的愤怒和疼痛
永不会,永不会远去

也不会让生者陷入孤寂,
但在我们粗心的额头上
隐约铭刻着他们的皱纹
就像石头上的纹理
在阳光明媚的屋子里
呼吸着骨头变黑的噩梦
地窖和令人窒息的洞穴。

恐慌和愤怒飞扬
自我们从容的血管,
天上的光和雨
净化心灵和眼睛,
净化过去的痛苦
埋葬阴郁的尘土。
愤怒不会消失。
我们攥着父亲的信任
错误、财富、忧郁和一切
直到他们踉跄而倒下
在白天就被倾覆。

圆与方

"我将自己的一半给你;
不再多给,以让我可以
给伪证留出一点地方。
为了你的缘故,也为了我
这一半的我你会接受吗?"

"我不接受,也不会给一半,
不管谁给,都要给全部。
只有一半你不能生活;
那么让屏障瓦解消失吧,
在一个圆里,可以有一切。"

"一个智慧而古老的讥嘲者
曾经对我说:当心
那没有拐角的道路
你不能逗留也不能观察。
选择方吧。

"让圆走圆的道
枯燥乏味而充满狂热。
你,亲爱的,始终如一;
在你的脸上显示你的灵魂;
把守住你的位置。

"给予,但仍有东西可给。
没有人能要你的全部。
生活,并且学习生活。
当所有屏障瓦解消失
你就什么也不是。"

马

缓慢的马群移动,在稳固的犁之间
于光裸的土地——我好奇,它们现在
为何看起来如此可怕,野蛮而又奇异,
在石头庄园里像极了一种神奇的力量。

犹如童稚的时光再一次降临,
当我充满恐惧地望向昏暗的雨中,
它们的蹄子像古老磨坊里的轮柱
来回往复运动,而又仿佛静止地站立

它们征服的蹄子将谷物践踏
一种宗教仪式,让土地变黄,
而那巨大的形体是金子的六翼天使
抑或喑哑而又狂喜的怪兽,在胎具上

哦!极乐,当一条犁沟完成,
它们胸怀宽广地奔向沉落的太阳!
光亮,从它们飞扬的轮廓成片散落;

沟壑向后滚动,像挣扎的群蟒。

但是当傍晚,当它们打着喷嚏归家
在朦胧中,它们看起来如此巨大
温暖,闪烁,发出神秘的火焰
在泥沼中点亮它们焖燃的身躯

它们的眼睛像夜晚一样闪耀而开阔
隐约闪现一种残酷的天启的光亮
它们的亡魂,风中跳跃的愤怒
上升,以不可见的盲目的狂暴

而现在,亡魂消失了!消失了!而我
必须再一次哀悼那可怕的乡野的水晶
那里,空白的土地和仍然站立的树
对于我成为明亮而令人恐惧的表象。

我已被教育

我已被梦和幻想教育
我向友好的和更暗的鬼魂学习
从死者学会谦恭和渊博的知识
从父系亲属和母系亲属,祖先和朋友
而从生我的那两个人
我学得更多

我已学会啜饮善的泉源
它永不枯竭,有教养的漫溢
让我的脚远离
那致命的路径

导向燠热的迷宫
一切明亮不已,闪光
让多汁的水果
消耗皱缩

最终干枯,时间辞别

万物各得其所,以
一个永恒的形象
一与全。

如今那时间变得更短,我感觉
柏拉图才是最真实的诗
而这些阴影
由真实投下

哲人缪亚:在弥尔顿与卡夫卡之间
（译后记）

1

如果一个好人生活在地狱,情况会怎样？缪亚的诗《良善之人在地狱》就想象了这样一个场景。开始好人同样会痛苦哀号;好人甚至想诅咒,却没有诅咒;好人开始祈祷,仿佛由此可以获得心理平衡。当他意识到恶并不比善持久——即使在地狱也是如此——才会迎来真正的转机：

> One doubt of evil would bring down such a grace,
> Open such a gate, all Eden would enter in,
> 对恶的怀疑就能带来如许的恩典,
> 打开门,全部的伊甸园就能进来,

地狱怎能在转念之间变成天堂？这是一个精神和艺术的双重难题。直面这一难题,缪亚向我们展示了一个现代命题:人类如何重新回到伊甸园？

2

格拉斯哥(Glasgow),这个最早工业化的苏格兰城市,对于缪亚而言不啻为一座地狱。1901年,14岁的缪亚随家庭从浑朴未分的伊甸园般的奥克尼群岛(Orkney)迁居到这里,将天真未凿的奥克尼乡民和渔民抛在身后,从而开始了他生活中的一系列悲剧:父母双亡,两个兄弟早逝,他和剩下的一个兄弟、两个姐妹也失散了。还是少年的缪亚艰难求生,最后在一个臭气熏天的废弃骨头处理厂谋生。虽然只是办事员,但直接的视听污染在所难免,在诗人阿奇柏德·麦克利什(Archibald MacLeish)看来,这是一个连卡夫卡——缪亚和他的妻子正好是卡夫卡在英语世界最重要的译者——也需要借助怪诞的想象力才能发明的变质世界①,难怪托·斯·艾略特会说缪亚"陷入格拉斯哥工业主义的污秽的恐怖之中"。直到 1919 年与德国人薇拉·安德森(Willa Anderson)结婚后,缪亚才得以离开这里。

---

① Archibald MacLeish, foreword to *The Estate of Poetry*, by Edwin Muir (Cambridge: Harvard University Press, 1962), p.8.

可以说,缪亚在青少年时就体验到了来自现代性的痛苦,正是这一痛苦使他拾起了尼采的学说自卫。多年之后他在《自传》中回忆说,他当时对尼采的痴迷具有一种心理学上的补偿的意义,他不能忍受他的生活实际,故而才在**超人**的幻梦中寻求避风港。① 他早年的思想随笔《我们现代人:谜语与猜想》就带有深深的尼采主义色彩,而且是以一种尼采式的箴言、断章或语录体写成的。缪亚后来则干脆抛弃了尼采的思想,一如鲁迅意识到了"尼采的超人的渺茫"。缪亚还做了一个有关尼采的梦,《自传》记述了这个梦,哲理性的分析与幻梦般的叙述融合在一起,颇能代表缪亚自传体散文的风格:

多年之后,当我正在接受精神分析时,我做了一个包含对尼采的迷恋和好奇的批评的梦。我梦见我在群众之中望着一个十字架。我期待那个被钉上十字架的人长着小胡子,如基督本人,但是却惊讶地看到他留着大胡子。那无疑就是尼采;他

---

① Edwin Muir, *An Autobiography*, (New York: William Sloane Associates, Inc., 1954), p.127.

看起来好像侵占了十字架,而和许许多多的篡位者一样,在十字架上却感到自己宾至如归。他以一种公然挑衅的占有神情凝视周围,仿佛这就是他一直在追寻的地方,而现在他带着一种深沉的讶异之感终于找到了这里——不如说是征服了这里;因为他就像一个以暴力手段占据了别人位置的人。他的太阳穴忍受着剧痛,我可以看到细薄的皮肤下痉挛不已的彼此撞击的神经;他浓密的眉毛在怒气中下拉,但是在他的眼睛里隐藏着一丝胜利的神情。这个梦使我困惑重重,它和尼采的哲学相悖;但是它又具有梦的深奥的自然性,十字架适合尼采,尼采也适合十字架。而我慢慢地开始意识到,尼采的生命是一种将自我钉上十字架(self-crucifixion)的令人好奇的生命,不是出于爱,而是出于傲慢。这个梦让我联想到尼采自己的一个梦;我在阿勒维(Halévy)那本《尼采生平》中读到了它。尼采曾经梦见自己的手变成了一只玻璃杯,里面有一只很小的青蛙,出于某种原因尼采需要吞下这只青蛙。他多次尝试想要吞下这只青蛙,但由于恶心而反胃呕吐,始终未能奏效。而还在格拉斯哥时,当时我已然自我认同于尼采,稍后我做了一个相似的梦。我想我正观察自己的手臂,它变得透明无比,我可以看到它上面奔跑着的不断分叉的全部静脉。但是当我细察时,我看到一只黑色的狼吞虎咽的虫子,正在静脉里扭动着身体。我在一阵恶心的汗里醒来。这个梦是对我的状态的一个可怕暗示,那时我认为自己高翔远鹜超越于善与恶之外。①

格拉斯哥与他的故乡完全不同:在奥克尼,一个人可以为了美人鱼驾船远航,返回时声称和美人鱼谈了话②;而刚到格拉斯哥时,缪亚的父母必须花几个星期学会在乞丐上门时闭户不出,而不是总是邀请乞丐们进屋饕餮大餐一顿③。在奥克尼,人们的生活与传奇并无二致,日常现实与幻想难以区分,甚至生死也变得平常。缪亚小时候曾经见过一个面色苍白的年轻人返乡,缪亚受年轻人的父亲之邀和年轻人乘坐同一辆马车,缪亚察觉到年轻人的异常。缪亚的母亲告诉缪亚,这个年轻人是为了"回到家死去";几周后,缪

---

① Edwin Muir, *An Autobiography*, (New York: William Sloane Associates, Inc., 1954), p.128.
② 同上书,p.14.
③ 同上书,p.91.

亚果然看到了为这个年轻人送葬的队伍。而在格拉斯哥,缪亚则处在一种存在主义式的异化状态,并且对基尔特社会主义(Guild Socialism,又译为行会社会主义)产生了兴趣,虽然如此,但这一兴趣和他对尼采的兴趣一样,在中年都没能持久。

多年之后在《反基督》中他写道:

他巧妙地在那棵树上做姿态
(他加冕的玩笑),一个演员哑默地比画着死亡,
而他冷漠的头脑正无聊地欢喜于
那背叛将持续不断地行进在时间里。

这就让人联想到缪亚做过的那个梦,这个在树上做姿态的人,这个反基督者,多么像十字架上的尼采!在《一只脚在伊甸园》这本诗集中,还有从尚未皈依的罗马人的角度,从异教民族的角度对被钉上十字架的基督的观感:

我是一个陌生人,看不懂这些人
或这种奇异的神。是否有一个神

真的在死去时与我的生命交叉而过,在那天
偶然地,他在他的道路上,而我在我的道
路上?

——《杀害》

古老的民族,以他们古代的敬畏
看到十字架遥远的一端
以无知的惊奇看到
荒芜的山上十字架的树交叉,
而不知道那是受难死去的神。

——《化身》

《杀害》的结尾落在一个普通人的生命和耶稣生命的交汇上,十分感人。这个普通人的生命又变成了《化身》中的古老民族的生命,他们均无法理解基督道成肉身的秘密。缪亚显然有着信与不信这两种目光,他熟悉这两种目光。缪亚诗歌的灵视能力使他跨越了信与不信的距离,但他完成这种跨越的方式始终是一个秘密。

3

《一只脚在伊甸园》是作者的最后一本诗集,

回顾了西方从希腊到基督教——伊甸园的放逐——再到所谓"反基督"的"现代性"的精神历程,在此过程中重写了基本的原型神话,并将"现代性"的人类处境也纳入了神话之中,可谓是二十世纪的一部杰作,其经典性自不必说。

王佐良先生在《英诗的境界》中选译了该诗集中的一首诗《马》,并对缪亚的诗歌从整体上做了评论:"他的诗采用传统的形式,但在内容上多所扩展,例如对于时间问题、善恶问题、现代世界上的流亡和隔离等现象都有新的探索。"[1]王佐良特别称引道,艾略特称《马》为"'原子时代'的伟大而可怕的诗"。诗人艾略特在费伯出版社编选了缪亚的诗集。能得到艾略特这样的知音,也许是缪亚的幸运,但却并不令人意外。诚如王佐良所说,缪亚是一位"没有现代派外表的真正的现代派"[2],另外,缪亚和艾略特两位诗人在晚年对宗教情感的表达可谓不谋而合。其实,缪亚是二十世纪一位隐藏的大师,是一位名副其实的形而上学诗人(Metaphysical Poet)和哲理诗人

---

[1] 王佐良:《英诗的境界》,生活·读书·新知三联书店,2014,第123页。

[2] 同上。

(Philosophical Poet)。

《一只脚在伊甸园》的诗分为两部,第一部以十四行诗《弥尔顿》开头,第二部以十四行诗《给弗朗茨·卡夫卡》开头。第一部重述了人类被逐伊甸园的过程,第二部则更多展现了各种堕落的现代场景。缪亚本人的位置恰在弥尔顿与卡夫卡之间。在缪亚内心中,他一定在这样设想自己的位置,这是一个在地狱中仰望天堂的诗人。弥尔顿和卡夫卡,这二人可以代表他灵感来源和情感倾向的两个极端。

《一只脚在伊甸园》这个题目也能够让人想起弥尔顿两部长诗的题目——《失乐园》和《复乐园》。缪亚在《弥尔顿》中写道:

Where, past the devilish din, could Paradise be?
如果不经过魔鬼的叫嚷,天堂又在何处?

接下来的《动物》《七个日子》《亚当的梦》《伊甸园之外》则重写了《旧约》的《创世记》。而后是改写希腊神话和史诗人物:普罗米修斯、俄耳甫斯、俄狄浦斯、海伦、忒勒马科斯、尤利西斯、奥德修斯、帕涅罗帕等。最终又回到了圣经人物:亚

伯拉罕、天使报喜、耶稣基督……完成了一个循环,其内在逻辑则遵循了弥尔顿的《失乐园》和《复乐园》,重返伊甸园的希望落在了道成肉身的耶稣基督身上。《一只脚在伊甸园》这首诗写人类被逐后,仍然看见一种神奇的福佑:

> 神奇的福佑,天堂从未有过
> 却从乌云密布的天空降落。

这个结尾颇为奇特。它其实意味着伊甸园外的世界与伊甸园内的世界具有一种一致性,所以缪亚才可以提出重返伊甸园的命题。正如缪亚的研究者 P.H.布特所说:"自然永远更新的美不仅是对超出自然之物的象征;在某种程度上,它直接就是伊甸园,存在于当下并将一直持续下去。"①

第二部开篇《给弗朗茨·卡夫卡》中说:"在罪恶的全部叶子上阅读/永恒的秘密手稿,救赎的证据。"诗人的责任、信心和任务就蕴藏在对"现代性"的"堕落"的洞察之上,这种堕落包括唯我

---

① P.H.Butter, *Edwin Muir*, (New York: Grove Press, Inc., 1962), p.89.

主义、虚无主义甚至傲慢,以及由之带来的各自为政、彼此疏离和战争危机。诗人相信,我们距离伊甸园"只有一个钟点之远"。这一部分的诗更为多样,如《最后的黄蜂》和《最后的燕子》就展现了缪亚对日常生活细节和物候节气的敏感。

4

值得注意的是,这部诗集有不少灵感得自缪亚在意大利的生活见闻。正如弥尔顿在佛罗伦萨体验到了人性化的基督教图景,并进而找到了描述伊甸园的方式,缪亚是在罗马完成这一点的。《天使报喜》的灵感是缪亚在罗马看到的一幅小型壁画:

一个天使和一个年轻的女孩,他们的身体向彼此倾斜,他们的膝盖弯曲,仿佛他们已被爱征服,"全身颤栗地"(tutto tremante①),像但丁的爱人那样凝视着彼此;这种对人类之爱的表达是如此强烈,它很难走得更远,而成为对超出理解之爱

---

① 意大利语,出自《神曲》之《地狱篇》,但丁在叙述保罗与弗朗西斯卡的不伦之恋时如此描述。

的完美的世俗象征。一种敢于将奇迹公布给每一个人看的宗教,势必会震惊北方的信众,而显得是一种渎神,甚或是一种猥亵。但是在这里它被公开展示出来,就像基督本人在地球上显现。①

缪亚在意大利感慨良多:"基督王国是如此生机勃勃而新颖如初。"②这解放了他的诗歌想象力,并赋予他一种更高的灵视能力。而在北方的苏格兰,更为严厉的加尔文教一直占据上风。缪亚很早之前就领悟到,"缺乏宽恕"是加尔文教的特点。缪亚意识到了基督教文化中的救赎能力,并将这种救赎完美地表现在了诗歌中。其实每一种文化和每一种诗歌都具有救赎能力,汉语文化和汉语诗歌也是如此。

5

缪亚是一位大器晚成的诗人。开始写诗时他已人到中年,在35岁,恰是但丁所谓"我们人生旅程的中途",38岁才出版第一本诗集。有趣的是,

---

① Edwin Muir, *An Autobiography*, (New York: William Sloane Associates, Inc., 1954), p.278.
② 同上书, p.279.

写诗的过程同时也是他克服精神危机,逐渐恢复健康的过程。缪亚在格拉斯哥罹患了身心疾病以至于精神崩溃,在和妻子到达伦敦后,他开始接受精神分析。医生告诫他必须结束他擅长的白日梦(walking dream),否则后果将不堪设想。缪亚没有解释这一点。不过,从古斯塔夫·荣格的理论中,我们可以知晓某些梦的凶险性,那些从个人无意识上升到了集体无意识的梦,也往往和死亡有关,预示着死亡。在某些时期,缪亚一定行走在死亡边缘。他的日常生活为噩梦所搅扰,难以平静。

反过来,这些噩梦成了他诗的养料,构成了一系列梦幻般的寓言。他的诗歌一直具有梦幻和寓言的特征,表现出对时空主题的兴趣和困惑,即使早期对童年的探索也是如此。单从诗集的名字也可以看出这一点:《旅行与地点》(1937 年)、《狭隘之地》(1943 年)、《旅程》(1946 年)、《迷宫》(1949 年),当然还有《一只脚在伊甸园》(1956 年)。《故事和寓言》(*The Story and the Fable*)是他自传的前身,也许为了更显得像一本自传,他才加进去了一些平实的材料,后来形成《自传》出版。缪亚的自传在西方被视为珍品,有点类似于伊曼纽尔·斯威登堡(Emanuel Swedenborg)、约翰·班扬（John Bunyan）等人的作品，充满了神秘色彩，但是缪亚本人却是一个不懂得夸张的老实人。毋宁说，他是一个拥有生活智慧的哲人，在这个意义上，他的诗歌忠实见证了他悟道的过程。更为重要的是，缪亚也和奥克尼群岛的原住民一样，在活着之时就进入了传奇。个人神话同时也是族群神话，这是多少诗人的梦想，而缪亚实现了。通过诚实的精神劳作，他的个人经验具有了一种普遍性，足以代表人类进入现时代的沉痛；但其付出的代价，也蕴含着疗愈的可能。

缪亚梦见过两只动物相互争斗，但永无终局。他把这个梦写成了诗，结尾云：

> 一切从头开始，狡黠的利爪
> 一伸一缩，来势凶猛。难道没有办法
> 从利爪下救出那堆破布烂麻？
> 没有。但我从未见过一只禽兽
> 如此无能，却又这般勇敢
>
> 不公平的厮杀在大树观望下，
> 此时此刻，仍在继续。
> 心怀杀机的野兽不能如愿

气急败坏,胀鼓着肚皮,以致

你会认为他已陷入了绝望。

——《格斗》,王军译①

6

缪亚是一位坚定的世界主义者。和薇拉的婚姻,被他认为是一生中最大的幸事。他逃离了格拉斯哥,足迹遍布欧洲各地,这些地名依次出现在他的自传中:伦敦、布拉格、德累斯顿、萨尔茨堡、维也纳等。主要是出于兴趣,同时也为了谋生,他和妻子一共发表了43卷翻译作品,翻译对象包括弗朗茨·卡夫卡、赫尔曼·布洛赫、亨利希·曼、格哈特·霍普特曼等。不过,很难说卡夫卡就一定影响了他,对迷宫意象的痴迷是他固有的,类似于他眼中的人生。

缪亚对苏格兰历史和文化也有批评。他应出版商之邀写了一本历史人物传记——《约翰·诺克斯传》(*John Knox*),传主是加尔文的密友,也是苏格兰新教改革中的重要人物。但是缪亚却不太

---

① 艾特温·缪亚:《艾特温·缪亚诗六首》,王军译,《外国文学》1986年第5期。

喜欢传主这个对后世苏格兰生活带来深刻影响的人。缪亚发现,几乎所有的苏格兰作家——休谟、鲍斯威尔、彭斯、司各特、霍格、斯蒂文森——都不喜欢诺克斯,但和诺克斯一样崇拜强力的卡莱尔除外。① 而回到当代,他和更为激进的休·麦克迪尔米德(Hugh MacDiarmid)发生过一场争论,缪亚的观点一言以蔽之,用他在《司各特与苏格兰》中的话说:"苏格兰只能靠用英语写作才能创造出民族文学。"②在我看来,缪亚之于苏格兰的意义,类似于叶芝之于爱尔兰。如果说,从托马斯·哈代到菲利普·拉金(Philip Larkin)是英语诗歌中一条怀疑主义的线,那么从叶芝、缪亚到谢默斯·希尼(Seamus Heaney)则构成了另一条多少有些神秘主义的路线。

作为一个诗人,缪亚拥有异常广阔的心智范围和人生阅历。1946—1949 年,恰值冷战前夕,缪亚担任英国文化协会在布拉格和罗马的总监,1950 年他被委任为大学校长,管理一所向工人阶

---

① Edwin Muir, *An Autobiography* (New York: William Sloane Associates, Inc., 1954), p.231.
② 王佐良:《英国诗史》,译林出版社,1997,第 491 页。

级开放的大学。缪亚通过自学成为饱学之士,在他的随笔集《文学与社会》中,批评对象包括莎士比亚、劳伦斯·斯特恩、彭斯、荷尔德林、罗伯特·勃朗宁、托马斯·哈代、简·奥斯丁、查尔斯·狄更斯等。他在1928年出版的《小说的结构》早已被视为经典,这本书已被翻译成中文,收入"外国文学研究资料丛书"中的《小说美学经典三种》(上海文艺出版社,1990年)。

笔者查阅资料时有一个有趣的发现,《小说的结构》中的一章《论戏剧性的小说》曾被翻译发表在1944年由中华书局出版的杂志《新中华》复刊第二卷第三期,译者署名罗书肆。缪亚诗名在外,一般的文学史著作和选本往往少不了他,王佐良的《英国诗史》、《英国诗歌选集》(上海译文2013年版,署名"王佐良选编、金立群注释";上海译文2016版,署名"王佐良、金立群选编,金立群注释")、《英诗的境界》等就给了缪亚不少篇幅。王佐良翻译的《苏格兰诗选》选译缪亚的两首诗歌《堡垒》和《证实》。张剑的《现代苏格兰诗歌》一书则将缪亚放在首位,选译诗歌四首。另外,王军的一篇长文《苏格兰现代诗人艾特温·缪亚》与其翻译的缪亚诗歌六首一道发表在《外国文学》1986年第5期。学者、翻译家许小凡女史向笔者提供了珍贵资料,在此一并致谢。同时也要感谢曹婷婷女史对本书的细心编辑。

7

《诗的现状》(哈佛大学出版社,1962年)为缪亚1955年诺顿讲座的演讲集,是缪亚诗歌观念的系统表述,对诗歌在人类生活中的作用进行了思考,寻求诗歌与社会的有机关联。缪亚首先回顾了以古代史诗和民歌为基础的人类共同体的"诗歌生活",接着又以华兹华斯和叶芝为例探讨了诗人逐渐成熟的过程和启示,而后通过对诗与诗人、诗与批评(尤其通过对"新批评"模式和癖好的纠正)、诗与社会三重关系的重新发明,步步递进,表明被边缘化的现代诗歌要重新回到人类共同体的前提是诗人必须找到作为"一个人类"说话的声音方式。

缪亚的确找到了作为一个人类个体为人类说话的方式。作为一个有强大反思能力的哲人,缪亚的隐喻能力并未被埋没而是异常活跃。他并非一个仅具平均水平的诗人,而是堪称大师,这也许是因为他的隐喻能力要和反思能力较量吧。至少,缪亚要平衡二者。正如谢默斯·希尼在论缪亚的文章中所说:"在缪尔性情中那股想以满怀希望的'证明完毕'(通过想象看见诸神而获得)来预先了结的冲动,与他的艺术感觉要求他遵循他自己的隐喻那较不乐观的逻辑之间,保持了出色的平衡。"①诗人的平衡,还应包括信仰与情感之间的平衡、主题与技艺之间的平衡。最终他创造了一种个人神话,在使个体经历具有普遍性的同时,也奇妙地化解了个人生活的痛苦。缪亚在最后一首诗《我已被教育》中写道:

> 我已学会啜饮善的泉源
> 它永不枯竭,有教养的漫溢
> 让我的脚远离
> 那致命的路径

王东东
2021 年 5 月

---

① 谢默斯·希尼:《埃德温·缪尔》,载《希尼三十年文选》,黄灿然译,浙江文艺出版社,2018,第 337 页。